二見文庫

カフェの未亡人

北山悦史

目次

カフェの未亡人

第一章　初対面のときめき

1

夏休み第二週目の水曜、午前九時三十二分。

快晴。朝から暑い。

東京二十三区内から西に三駅。

大きくはない駅前ロータリーを北に二ブロック。

商店街はロータリーの左右に伸びているので、二ブロックも歩くともう住宅街が始まっている。人通りもそれほど多くはない。

右手前方の角に、目指す喫茶店『ミレーユ』はあった。

心臓が飛び跳《は》ねている。

生まれて初めてのバイトの面接。採用されれば、これから夏休みいっぱい、その喫茶店で働くことになる。時給は千円ということだ。

九時四十分に店に来てくれと言われていた。

だが、店の主に言われたのではない。この話を持ってきた母の知り合いの加橋《かはし》という主婦が、昨日の午後、電話で伝えてきたのだ。

夏休みは勉強に専念しようかバイトをしようかと、聖矢《せいや》は迷っていた。そんなところに加橋夫人から今回の話があったのは、四日前のことだった。

それまでバイトをしていた大学生がオーストラリアにホリデーワークに行くことになって辞め、店で人手を求めているということだった。そこの経営者は夫を亡くした女性だとも聞いた。

願ってもないチャンスだと聖矢は決断し、紹介者もあったせいか家でも認めてくれた。

一昨日の夕方、聖矢は店の場所と雰囲気を見るために、自宅の最寄駅から五駅のここに来てみた。

建物のコーヒー色とスモークガラスが西日を受けて、眩《まぶ》しかった。

採用になれば新しい世界がここから始まるのだと、新鮮な感動と興奮を覚えた。

ちょうど三人の女性客が話し込んでいるのが、外から見えた。

経営者が外に出てきてその人だとわかったら、挨拶ぐらいはしたほうがいいのかと思うと、痛いぐらいに心臓が高鳴る。

花島有里恵《はなしまゆりえ》という未亡人の経営者の顔はわからないが、その代わりとでもいうふうに、西日に輝く喫茶店『ミレーユ』が夜通し頭にこびりついていて、夢にまで出てきた。

午前十時開店だという。それまでの二十分全部が、面接の時間なのだろうか。五分ぐらいで終わってしまうのだろうか。

入り口のガラスドアには『準備中』のプレートが下がっている。聖矢は、今初めて店の前に立つという顔をして、自動ドアのタッチ部に触れてみた。

涼しい清冽《せいれつ》な空気とかぐわしいコーヒーの香りが流れ出てきた。

カウンターの中でレモン色のシャツの背をこちらに向けて何かをしていた女性が、振り向いた。

大学生ぐらいの感じだ。加橋夫人からは聞いていないが、もう一人、バイトの子がいるのだろうか。

「二宮聖矢君?」

聖矢が声をかけるより早く、彼女が言った。

「あ、はい。そうですけど」

まさかこんな若い人が経営者ではないだろうと思いながら、聖矢は答えた。しかし、自分の名を知っている。

「ようこそ。どうぞそちらに」

白くふっくらとした顔をほころばせて、彼女は窓際のテーブル席を手で示した。どうやら経営者らしい。

「はい。失礼します」

こんな若い人が店をやっているのかと驚きながら、聖矢は示された席へと歩いていった。彼女がカウンターから出てきた。

「助かります。わあ、感じのいい人でよかったわ」

バラのように麗しくあでやかな笑顔で、彼女が言った。それにしても若い。若すぎる。

「あの。ここの方……ですか」

「ここの方って？　花島ですけれど。加橋さんから聞きませんでした？」

「………」

少しだけうなずくことしか、聖矢にはできなかった。

こんなに若い人が？　未亡人？　高校生ぐらいで結婚したのだろうか。そういう人は、いくらでもいるが。そうして四、五年で夫が他界して、今、二十一か、二？

「え？　何かおかしい？」

「い、いえ……」

解せぬというように聖矢は首を横に振った。

「まあ、座ってくださいな。それにしても安心したわ。加橋さんのご紹介だし、信頼できる人だとは思っていたけれど」

有里恵は、もう採用を決めたような口ぶりだ。

面接という面接もしていないのにと訝《いぶか》りながら、聖矢は椅子に腰を下ろした。有里恵が向かいに座った。

レモン色のシャツの豊満な胸が、目に突き刺さった。顔をそむけない限り、視界に入ってくる。

シャツの襟が、真っ白な肌の胸の真ん中に鋭く食い込んでいる。

見てはいけないところは目に入っていませんという顔を取り繕《つくろ》って、聖矢は有里恵の顔を見た。

初対面の緊張と美人すぎる有里恵の顔、それに見えていないふりをするのがつらい大きな胸のせいで、目には涙が浮かんできた。

それでも有里恵の顔の造作は、損なわれることなく見えている。

目が、とにかくきれいだ。二重の線がくっきりとしていて、瞳が星空のように輝いている。

　鼻は高からず、決して低からず。

　リップクリームを塗っているらしい唇は見事に均整がとれて、いかにも女性らしいやさしさを漂わせている。

　前髪は自然な感じに左右に分けられ、後ろで一つにまとめられている。ピンクのゴムで結えているのが、カウンターから出てきた時に見えた。

「今日からお願いして、よろしいかしら」

「え」

「都合の悪いことでもおありになる？」

「いえ、あの、もう、決まったんですか」

「そうだけれど。何か？」

「いろいろと訊《き》かれるのかと思っていましたから。面接というの、初めてですし」

「少しは質問をしようと思っていたけれど、そんな必要もなさそうだし」

　ニッコリと、有里恵が笑った。

（わっ、わっ。何てきれいな人なんだ）

　バラ色のオーラが、三メートルも広がった感じだった。心臓がわしづかみされるような衝撃に、言葉もない。

「あら。どうかした？」

有里恵は二重の目を大きくして、小首を傾《かし》げた。前髪がはらりと揺れて、ますます魅惑的になった。

「いえっ。あのっ、何というのか、姉のように若い人だなって思って」

未亡人という言葉を口にしてはいけないと思う気持ちで、つい、そんなことを答えていた。

「お姉さん……おいくつ？」

「あ、姉はいません」

「ま」

きれいな目がいっそう大きく開かれ、口が「ま」と言ったまま、固まった。

「嘘を言ったわけではありません。僕に少し年上の姉がいたらという仮定です」

「少し？　それはおかしいわ」

有里恵は、肘近くまでシャツの袖をまくった白い腕を組んだ。それでなくとも豊満な乳房が、倍近くの質量に膨らんだように見えた。

見るなと禁止されても、絶対に無理だ。視野の下半分が乳房のようなのだ。

仮定とはいえ事実と異なったことを言ったことと、それに胸ばかり見ていることとで、採用は取り消しにされるかと聖矢は危ぶんだ。

有里恵はすぐに何かを言おうという顔つきをしている。

「わたしは二宮君よりずーっと年上だもの。歳を言いましょうか？　二十八」

「…………」

今度は聖矢が固まった。十二も上だ。

（いや、でも、そうは見えない）

言葉も出ない頭で、そう思っていた。

「おばさんで、びっくりしたでしょ」

またまたニッコリと、有里恵が笑った。

魅力的な笑顔は、どう見ても二十二、三だ。胸がはち切れそうな張り方をしているから、若く見えるのだろうか。

「それはともかく、都合が悪くなければ今日からでも手伝ってもらいたいのだけれど、いいかしら」

「はい。是非。どうぞよろしくお願いします」

聖矢は背を伸ばし、きちんと頭を下げた。

「こちらこそよろしくね。うん。服はこのままでいいわね。ズボンも靴もピシッとしてるし」

「はい」

と答えて聖矢は、席に着く前に有里恵が服装のチェックを済ませたことを知った。

聖矢は高校の制服を着ていた。一番上のボタンを外した白の半袖ワイシャツに、グレーのズボン。靴も通学靴だ。

「このままで十分好感が持てるわね。何といっても、お客様相手の商売だから」

艶然《えんぜん》とした笑顔で、有里恵は聖矢の顔や体を見ている。いい人が来てくれたという気持ちが、ひしひしと伝わってきた。

「あとはエプロンだけね。ちょっとこちらにいらしてくださいな」

豊満な乳房を一揺すりさせて、有里恵が立ち上がった。

2

有里恵の後ろについて行きながら、聖矢はなるべく有里恵のお尻やウエストを見ないようにしていた。

濃紺のタイトスカートに包まれたお尻が丸々と張っていて巨大だし、ウエストのくびれもまた、油断すると目を奪われてしまいそうだったからだ。

未亡人――。

その言葉に、どうしても有里恵の肉体を思わないわけにはいかない。

未亡人というのは、夫が死んでしまった女性のことだ。

夫がいないのにもかかわらずこれほど見事な肉体をしているということは、どういうことになるのだろうか。

再婚はしていないが、「男」はいるのだろうか。おそらくそうだろう。世間の男がボリューム満点のこんな体を放っておくわけがない。

薄いベージュのストッキングに包まれた脹脛《ふくらはぎ》やローヒールの靴を履いた足も、女真っ盛りであることを訴えかけてくるようだ。

(店のお客さんの中に彼氏がいるのかな)

どんな男か見てみたいという気持ちと、そんな男には会いたくないという相反する気持ちを、聖矢は抱いた。

「ちょっと待っててね」

そう言い置いて有里恵は『STAFF ONLY』というプレートが貼られているドアを開け、中に消えた。

聖矢が待っていると、十秒とせずに有里恵が出てきた。

手には見るからに糊の効いた白いエプロンを持っている。たたんであるのを引き剝《は》がすようにして開き、有里恵が手渡してよこした。

「これを着けてみて」

「はい」

聖矢は、小学校の時の給食当番以来になるエプロンをつけた。

「うん。これでいいわよね」

満足そうに、有里恵はうなずいている。身なりはもっときちんとすべきかもと、聖矢は思った。

「ワイシャツのボタン、したほうがいいですか」

聖矢は外してある一番上のボタンを掛けた。

「あ、そうそう」

表情を明るくして、有里恵は再びドアの中に入っていった。しかし、今度はすぐには出てこない。

三十秒、一分と待っても出てこない。時刻は九時五十分を回っている。そろそろ店を開けなくてはならないのではないか?

車が二台、店の前を通り過ぎていった。人の姿はない。

聖矢がさっき座った四人掛けの席は、ドアから入ってすぐ右側だ。その側にはもう二席、同じ席がある。

反対側にはやはり四人掛けの席が一席と、二人用の席が二席ある。聖矢が今いる左後ろからカウンターが始まっていて、カウンターの中に丸椅子が二脚ある。

その丸椅子の一脚に、今日から自分が座ることになるのだ。いや、忙しくて、そんな時間などないだろうか。

壁には天井近くまでびっしりと、グラス、カップ、皿が並んでいる。普通よく見かけるサイフォンは、ない。

この店は、有里恵がドリッパーで手淹れするコーヒーを売りにしていると、加橋夫人は言っていた。

コーヒー豆も、有里恵が自分でローストするのだという。

常連客は単品をよく注文するが、ブレンドコーヒーも格別。機械任せのチェーン店などではなかなか味わえないものだと、彼女は我がことを自慢するように言っていた。ただ、ブレンドの豆の比率は企業秘密で、常連客といえども教えてもらえないということだ。

幾種類もの皿が並んでいるのは、パスタ類を出すからだ。むろん有里恵のお手製だが、パンとケーキは契約している店から取り寄せているらしい。

（ここが俺の職場になるのか）

今まで考えてもみなかった言葉が頭にのぼり、聖矢はひとつ大人になった自分を意識した。

それにしても、有里恵は戻ってこない。何をしているのだろうか。

「二宮君」

奥から呼ばれた。

「はい」

聖矢は返事をして、ドアを開けた。

中は三畳ぐらいのスペースだった。半分物置のようなところだ。有里恵は棚の引き出しを開けて覗いている。

「蝶ネクタイを探してるんだけど、どこにしまったのか思い出せなくて。二宮君も探してくれないかしら」

「わかりました」

聖矢は中に入った。

後ろでドアが静かに閉まり、密室っぽくなった。

コーヒー豆の樽とかパスタの缶とか、いろんなものが置かれている。

ごくごく狭い空間なのに、空調がいいからか、こういうところにありがちなよどんだ空気が詰まってはいない。

むしろいい匂いがする。コーヒーの匂いが空気を清浄にしているのだろうか。

それよりも、有里恵の体香かもしれない。柔らかみのある人間の匂いに包まれている感じだ。

蝶ネクタイは、店を始めた初期の頃にバイトをしていた大学生に着けさせていたのだが、それ以来ずっと女の子に手伝ってもらっていたので忘れていたと、手を休めずに有里恵は話した。

「どこでも探していいんですか」

動けば体が触れてしまうような狭い空間を見回しながら、聖矢は訊いた。

コーヒー豆の入ったひとかかえもある丈夫そうな袋が、いくつもある。砂糖やクリームの業務用の大袋もある。

有里恵は未亡人になってからこの店を始めたと、加橋夫人が言っていた。

見るからに重そうなこれらの缶や袋は、最初の大学生のバイト以外は、有里恵自らか、女の子に手伝うかしてもらって運んでいるのだろう。

「いいわ。お願いね。でも、しまうところといっても、そんなにあるわけじゃないんだけれどねえ。おかしいわねえ」

聖矢の問いに答えた有里恵は、顔の高さまであるスチール製の棚の引き出しを、順番に調べている。

書類の綴りとか何かのファイル、紙ナプキン、ストローの束、コーヒーフィルターといったものが見える。

他に探すといっても、蝶ネクタイを仕舞った場所というと、その棚が一番ありそうだ。引き出しは床まである。

「僕は下を見てみます」

そう断って、聖矢は有里恵の足元にしゃがんだ。

「あ、ごめんね」

邪魔になるからと、有里恵は脚を引いた。

しかし上の引き出しを調べるためには、脚を広げて背も伸ばすしかない。有里恵は左脚を前にして体を支え、聖矢側の右脚を四十センチぐらい、離した。

膝上十五センチというところのタイトスカートの裾は、ぴっちりと張っている。聖矢の顔は、右膝のすぐそばにある。

一番下の引き出しを開けた聖矢は、目がくらみそうになった。今まで嗅いだことのない馥郁《ふくいく》たる芳香が、顔面に押し寄せてきたのだった。

(これ、花島さんの匂いなのかな)

引き出しには、伝票と書類袋が入っている。奥のほうは、わからない。こういうところに蝶ネクタイはないだろう。

しかし有里恵は、あちこち探して見つけられないでいるのだ。ひょっとしたら、あるかもしれない。

聖矢は奥を覗こうとして、引き出しを引くよりも顔を下げた。

(わ)

ドキリとした。

別に変なことをもくろんだわけではない。だが、有里恵の左の内腿が、かなり上のほうまで見えてしまったのだった。

内腿の真ん中以上は、見えているだろう。あと七、八センチも上が見えれば、モロ、ショーツが覗けてしまうのではないか。

心臓が、バクバク打ちはじめた。

二十八歳だが、二十三歳ぐらいにしか見えない超美貌の未亡人の、ヒミツの場所。かぐわしい匂いが届いてきてもいる。ソコが見えてしまったら、匂いも生々しいものになるのではないか。

(ショーツをはいていないということは、ありえないよな)

自分にきつく言い聞かせる。

「あらー。どこかしら。おかしいわねえ。捨てたわけでもないんだけれどねえ」

有里恵が伸び上がった。妙なことを考えていることを悟られてはいけないと、聖矢は引き出しに目を落とした。

上で有里恵がゴソゴソやっている。一番上の引き出しを調べているらしい。生まれて初めて嗅ぐと言っていい芳香が漂ってきている。

聖矢は左斜め上を盗み見た。

(わ!)

あわてて顔を伏せた。

内腿のずっと上まで見えてしまったのだった。

聖矢が慌てたのは、予想とは異なるものが目に入ったからだった。有里恵はパンストをはいているのではなかった。

よくはわからないが、見えたのは生の肌に違いなかった。まさか、パンストの内腿の部分が破れているわけでもないだろう。

まだ、有里恵は伸びをしている。引き出しの中を真剣に調べているのだろうから、聖矢のことなどに注意を向けてはいないはずだ。

そう思って聖矢はゆっくりと顔を上げた。

左内腿の付け根近くまでが見えた。

最高級クリームを塗り込めたような生肌だ。

見えてはいないが、ガーターベルトというやつでストッキングを吊っているのだ。

苦しいほど胸がわなないている。

もう少し上が見えれば、ショーツか。

パンストをはいていなくてショーツもはいていないということは、万が一にもないだろう。

いや、人それぞれだ。自分は女性のことは何も知らない。いろんなタイプの女の人がいるのかもしれない。

(こんなきれいな人の、生のアソコ……)

気が遠くなった。

体のバランスが崩れそうになって、開けている引き出しにつかまって支えた。

「わあ！」

有里恵が叫んだ。

聖矢は自分の悪事を非難されるかと、全身が一瞬凍りついた。

「あったあった！」

その言葉に、聖矢はどっと体が緩んだ。

3

「あったんですか」

そ知らぬ顔をして、聖矢は有里恵を見上げた。

有里恵は聖矢の左側に普通に立っている。スカートの中を覗くことはもうできないが、大きな乳房が邪魔をして、顔が見えないぐらいだ。

「変よねえ。ここはさっき、ちゃんと見たんだけれど。こんな大きいの、見逃すはずはないと思うんだけれど。でも、探せない時って、案外こんなものなのかもしれないわね」

透明なビニールでラップされた黒の蝶ネクタイを、有里恵は聖矢に示した。聖矢は開けた引き出しを閉めて、立ち上がった。

確かに、見落とすこともないような大きなパックだった。中には何個もの蝶ネクタイが並んでいる。

「一ダース、買ったの。あ、そうそう。思い出したわ。ここにあるのは十一個。一個は油で汚れたので、捨てたんだった」

「だいぶ前のことなんですか」

「そう。この店を開いた年だから、ん〜、もう四年になるわね」

「そうですか」

四年前というと、有里恵は二十四歳。その時すでに未亡人になっていたのだ。

二十四といえば、これから人生を歩んでいこうという歳ではないか。多くの人間が希望に胸を膨らませる時期に、有里恵は夫に先立たれ、悲嘆に暮れたのだ。

しかし、自分の手でこの店を開き、新たに歩き始めた。人生のことなど何も知らない自分などとは、そもそもワケの違う人なのだ。

「あっという間の四年だったみたいな気がするわ。なんか、必死に生きてきたっていうか」

少し俯《うつむ》き加減に昔を懐かしむような顔をして、有里恵はパックから蝶ネクタイを一個取り出した。

(花島さん、一人で生きてきたんだ)

先刻、有里恵には「男」がいるのではないかと勘繰ったことを、聖矢は反省した。

しかし、四年間があっという間だったというのなら、人生の時間は瞬く間に過ぎていってしまうのではないだろうか。これだけの素晴らしい美貌、これだけの魅力的な肉体が、無駄になってしまうとは思わないのだろうか。

「着けてみましょ」

蝶の羽根の部分を両手でつまんで、有里恵は聖矢に体を向けた。どうやら有里恵が着けてくれるらしい。

「蝶ネクタイって、したことある?」

「いえ。ないです」

冬用の制服はネクタイ着用だが、〝蝶ネクタイ〟はしたことがない。

「じゃ、わたしがしてあげるわ。襟、立ててみて」

「はい」

嬉しい限りの予期せぬ展開になり、聖矢は指を震わせそうに喜んでワイシャツの襟を立てた。

自慢ではないが、今まで女性と親身に接したことはない。体の接触など、はずみでの時以外、経験したこともない。ボタンをはめたり外したりというのでもないのに、指がこわばったようになって、動きがままならない。

有里恵はネクタイのゴム輪の部分を外して待っている。聖矢は焦り、掻きむしるようにして襟を立てた。幼稚園か小学校の昔に戻って、やさしい先生にネクタイを締めてもらおうとしているような気分だ。

本当にやさしい教師のように、有里恵が首に手を回してきた。しかし、幼稚園や小学校とは、明らかに違う。

聖矢のほうが、はるかに背が高い。聖矢は百七十五センチある。有里恵は百六十センチはないだろう。背伸びをするほどではないが、両手を聖矢の首に回している有里恵の大きな乳房が、今にも胸に触りそうだ。

そうなる前に有里恵はネクタイを着け終え、襟を戻した。

だが、首を右に傾げたり左に傾げたりしながら、ネクタイを直している。スタンドカラーではないから、きっと座りが悪いのだろう。

ネクタイを真正面に見つめる有里恵の目は、いかにも真剣だ。いそいそとした感じもある。

（死んだ旦那さんのことを思い出してるのかな）

マネキンのように直立して任せながら、聖矢はそう思った。

結婚生活は何年間だったのだろうか。毎朝有里恵は、こうやって夫を送り出していたのではないか。

ふと聖矢は、息の匂いを感じた。ペパーミントか何かと、ミルクが混ざったような芳香だ。

丁寧に息を吸ってみる。太陽と水と春の野原を思わせる香りが、鼻から頭の芯に染み広がっていく。

（ああ、なんて素敵な匂いなんだろう）

夢を見ているようだ。今がいつまでも続けばいいと思う。

「うん。こんなものかしらね。うんうん。似合うわ」

束の間の甘い夢を断ち、満足そうな笑みを浮かべて有里恵は離れていった。

「そうですか。一所懸命バイトします」

ひそかに思っていたことや息のことはおくびにも出さず、聖矢はなお姿勢を正して答えた。

「エプロンは、そうねえ。もう少し上のほうがいいかしら」

「そうですか。直します」

聖矢は、腰を一周させて前で結んだ紐に手を掛けた。テレビ番組で見た板前を真似て、ズボンのベルトの下にしていた。

「結ぶのも、後ろがいいわね。お魚屋さんじゃないんだから」

言いながら有里恵はしゃがみ、緩めた紐を聖矢の手から取った。

（えっ。わっ。嘘っ）

聖矢は狼狽した。

エプロンの位置をズボンの上に直した有里恵が両手をのばして、紐を後ろに回してきたのだ。有里恵の顔は聖矢の股間の前にある。

むろん有里恵は、変なことなど考えるわけもない。しかし、意識していないだけに、触れてしまうことがあるかもしれない。その手はやさしさの中にも力強さを窺《うかが》わせ、腰の後ろで紐を絞った。それから蝶結びをしようとしている。

右肩が、左腰に触った。

有里恵は蝶結びの輪を掛けているところだ。聖矢は左脇腹にじんわりと汗が滲むのを知った。

左の乳房が、右腿の付け根に触った。

（わわっ）

右脚が膝まで、火のように熱くなる。火は、右脇腹から肩まで走った。

しかし有里恵は淡々と蝶結びを終えようとしている。乳房が聖矢の体に触っていることなど、頭にないようだ。

（乳房って鈍感なのかな。いや、そんなことはないはずだ）

全身燃え立ちながら聖矢がそう思っている時、有里恵の手と体は聖矢から離れた。

「うんうん。いい感じね」

しゃがんだまま、有里恵は聖矢を下から上まで見ている。

「あ、どうもです。わかりました。これからずっと、こうします」

そう言いながら、聖矢は目のやり場に困っていた。

シャツのVネックから、ほぼ同色、レモン色のブラジャーのカップが覗き見えているのだった。

それだけではなかった。

膝を立て気味にしてしゃがんでいるので、タイトスカートの裾は腿の半ばまでずり上がっていて、張り詰めた腿の部分が生々しく見える。

内腿はぴったりと閉じ合わさっていて、先ほどのように内腿を見ることはできないが、今にも見えそうなのだ。

「あ、そうそう。お仕事の条件とか、まだ決めていなかったわね」

糸に引かれてゆらゆらと吊り上げられるように、有里恵は立ち上がった。シャンプー、リンス、コンディショナー、トリートメントなどの匂いなのだろう、深呼吸をしたくなるかぐわしい香りが顔面を掃いた。

「花島さんが決めたのでいいです」

「時間も相談しなくちゃならないし」

言いながら有里恵が、外に出るよう手で示した。

「どうぞお先に」

「レディファースト？　やさしいのね」

ぽんと聖矢の肩を叩いて、有里恵は先にドアに向かった。髪に劣らぬ化粧品の媚香が、軽やかにたなびいた。

親愛の情を示されたことで心浮き立ちながら、聖矢は匂いに導かれるようにしてあとに続いた。

第二章　メールのエッチ画像

1

翌木曜日、午後二時半過ぎ。

聖矢は店のカウンター裏にある調理場のテーブルで、有里恵が作ってくれたカニと春菊のパスタを食べていた。オリーブ風味で、文句なしに美味い。

昨日、バイト初日の昼食も、客が引いたほぼ今と同じ時間に店のテーブルで摂《と》った。昨日はアサリのパスタだった。

食事の場所は客席でいいと有里恵は言ったが、人のいないほうが落ち着くからと、今日からはここで食べることにしたのだ。

店のカウンターの右端、スタッフルームがあるのとは反対側に、ドア一枚分、壁がくり抜かれて行き来ができるようになっており、そこが店内の半分程度の広さの調理場にあたる。

昨日も今日も、十一時ぐらいから二時ぐらいまで、引きも切らずに客がやってきた。目当ては有里恵の手淹《い》れのコーヒーと、手作りのパスタだ。

昼間の客のほとんどは女性で、幼稚園や小学校のＰＴＡつながり、その流れの常連客が多いらしい。

三時、四時にも客が来る波があるが、その時間帯はだいたい、外回りの仕事をしている人が休憩するのに寄るのだという。

繁華街にある喫茶店とは違って、夕方以降は客の入りはパラパラで暇になり、七時には閉める。

日曜祝祭日は休み。聖矢のバイトの時間は開店の十時から五時までと決まり、昼の客が一段落したこの時間に、有里恵が昼食を作ってくれる。

聖矢は店内から見えないところにいるが、店とは続いているので、女性客の話し声が聞こえてくる。

今は三人と四人の別々の二組が入っている。子どもの話をしているから、やはりＰＴＡ関係の仲間なのだろう。

昨日来店した、やはりそういった付き合いらしい女性客たちは有里恵とも親しく、近況やテレビで話題になっていることをしゃべっていた。

(子どもか……)

客たちがこれを目当てで来るというだけあって、上品で何ともいえないコクのあるパスタを頰張りながら、聖矢は思った。

今の客も昨日の客も、みな子持ちの人妻だ。子育てのことで不満を口にしていた者もいたが、それでも結局、子どもの将来を楽しみにしている。

しかし、今の状況のままでいる限り、有里恵が子どもを持つことはない。子持ちの人妻たちとしゃべっていて、有里恵はどんな気持ちでいるのだろうか。

そのことは、昨日家に帰ってから、いざという時の連絡用に交換し合った有里恵のケータイの番号やメールアドレスを見ながら、何度も思ったことだった。

あと二口ほどで、パスタを食べ終える。

客たちの話し声はまだ聞こえてきている。新しい客は入ってきていないから、今のところ聖矢の仕事はないようだ。

昼休みとして、四十分でも五十分でもゆっくりしていていいと、有里恵には言われている。店内にテレビはないが、この調理場にはある。テレビを見ていてもいいし、勉強をしていてもいい。

（しばらくここにいるとするか）

聖矢はパスタを食べ終え、皿を洗いに流し台に向かった。

皿とフォークを洗っていて、ここの店名『ミレーユ』の由来が頭をよぎった。静岡の実家で有里恵が小学校の時から飼っていた三毛猫の名を付けたのだという。猫の命名者は有里恵の母で、好きだったフランスの歌手、ミレーユ・マチューから取ったということだ。

その猫は毛づくろいをするのが生き甲斐というほどきれい好きだったと有里恵が言っていた。それを今、皿を洗いながら思い出したのだろう。

有里恵が文字どおり猫かわいがりしていた三毛猫ミレーユは、有里恵が二十一の時、十四歳でこの世を去った。有里恵は短大を出て東京でＯＬをしていて、死に目には会えなかった。

その翌年、有里恵は結婚した。「悲」から「喜」だ。しかし一年後、再び「悲」が有里恵を襲った。夫の死だ。

悲嘆と引き換えに、保険金が入った。泣いていても何も始まらないと、有里恵はその金でこの店を買った。

「いつかお金が貯まったら喫茶店を開こうって、主人と話してたの」

昨日の夕方近く客が途絶えた時に、有里恵は過ぎ去った昔を懐かしむような表情で、経緯を語った。

その顔に聖矢は、朝のスタッフルームで有里恵が、四年間、必死に生きてきたと言った時の顔を思い起こしていた。

穏やかな表情と言っていいが、しかしそれはあくまでも表向きのものなのではないだろうか。

有里恵は、車で十分かからないところのマンションに住んでいるという。夫と暮らしたマンションとは別らしい。どんなに少なくても、一日に一回や二回、孤独をかみしめたりするのではないか。

深夜、涙を誘いそうな映画でも見ている時に、愛する人がそばにいてくれないことで、孤独感はいっそう強まったりもするのではないか。

(俺なんかがしてあげられるようなことって、ないものかな)

聖矢はタオルで手を拭き、流し台の脇にあるコーヒーローストの機械に目を這わせながら思った。

と、マナーモードにしてあるケータイがメール着信を知らせた。

クラスメイトの春日隼人《かすがはやと》からだった。

『調子はどうだ』

とある。

バイトのことだ。昨夜、喫茶店で働くことになったと教えたのだ。

隼人は、この夏休みは遊び倒すらしい。何でも、かわいい女の子と知り合ったとかで、幸福の絶頂にいる。

『調子は上々』

聖矢は返信した。すぐまた来た。

『ヒマなんじゃないか』

『忙しい。今は昼休み』

『そうか。まあ頑張れ』

『おまえも頑張れ。昼休み、終わり』

やり取りを打ち切るのにはそう書くのが一番だと思った。そして事実、それで終わりになった。

有里恵のことを、もう少し考えていたかった。

バイトの分際で雇い主に何かをしてやれないかと考えるなど、失礼かもしれなかったが、こういうのも「縁」というものなのではないか。

聖矢は、今まで座っていたところに戻った。

女性客の声が、まだ聞こえてきている。感じでは、今来ている客たちも常連のようだが、有里恵とは言葉を交わしてはいない。

有里恵はカウンターの中で、コーヒーをブレンドしているのだろうか。

ブルーマウンテンブレンド、モカブレンド、マンデリンブレンド、キリマンジャロブレンド。いずれもこの店の売りだ。ミレーユブレンドというのもある。

客は、この店が『ミレーユ』だからとしか思わないだろうが、一杯一杯コーヒーを手で淹れながら、有里恵はかつての飼い猫を思い出し、そしてまた、亡き夫を思うこともあるのではないか。

「どうもありがとうございます」

有里恵の声が聞こえてきた。

客が帰るのだ。カップ類を片づけて、洗わなければならない。客たちが店を出たら店に行こうと、聖矢は待った。

2

店内が静まった。

聖矢が調理場から出てくると、客は二組ともいなくなっている。有里恵はカウンター内右寄りのレジのところにいた。

「みんな帰ったんですか」

「そ。お連れではなかったけれど」

「それじゃ」

聖矢はトレイを持ってカウンターの右端から店内に出た。追うように、有里恵も出てきた。

「あ、いいです。僕がしますから」

「手が空いてるんだから、わたしもやるわよ」

「こんなのは、ちょちょいのちょいです。僕、こう見えても、案外てきぱきやるんです。サル年ですから、小回りがきくんですよ」

聖矢は四人が座っていたテーブルに行って、コーヒーカップをトレイに載せた。

「あら。わたしも」

「あ。花島さんもですか」

「…………」

有里恵は頬をぷくっと膨らませて聖矢をにらんだ。

かわいい顔だった。二十八歳の女ではない。どう見ても二十二、三だ。もっと下と言っても通るのではないか。

「あ、あのっ、有里恵さんもですか」

「そう」

やんわりと顔が緩んで、何とも愛嬌のある笑顔になった。

昨日は「花島さん」「二宮君」と呼び合った。しかしどうも堅苦しいからと、今日から「有里恵さん」「聖矢君」と呼ぶことにしたのだった。

「そうなのよねえ。考えてみたら、聖矢君とわたしは十二歳、ちょうど一回り違うんだものねえ」

「ああ、ほんとにそうですよね」

明るい顔で応えながら、聖矢は嬉しいような恥ずかしいような、何ともいえない気持ちになった。

この歳になるまで、女性から「聖矢君」と親しく呼ばれた記憶など、ないような気がする。いつも「二宮君」だった。

「聖矢君」と呼んでくれるその女性がまた、とびきりの美女。これで喜ばないのでは、罰が当たる。

「血液型は？」

隣のテーブルの食器をトレイに載せながら、有里恵が訊いてきた。

「A型です」

「まっ、おんなじ」

手を休めて聖矢を見た顔には、少女のようにあどけない驚きが出ている。

有里恵は、襟と半袖の裾の部分に白の縁取りのある水色のシャツ、スカートは昨日のより少し色が薄い紺のタイトをはいていて、ストッキングはコーヒー色だ。

そんな服装も、清楚《せいそ》な感じに見せているのかもしれなかった。

「何座？」

「男なんですけど、乙女座なんです」

「あはは、そうなの。わたしは女なのに、牡牛座」

「何月なんですか」

「五月。十五日。誕生石はエメラルド」

「わ。いいですね。僕はサファイアです」

新たに知った共通点に、聖矢は気持ちが浮き立った。

「サファイア、いいじゃないのお。確か九月よね」

「そうです。何日だと思いますか」

自分の目に、喜びがあふれている。

「あ、わかった」

有里恵の目にも、喜びが沸いた。

「言ってみてください」

「当ててあげようか」

「はい。どうぞ」

「言うわよ」

目にいっぱい嬉しさを見せて、有里恵が顔を突き出してきた。かぐわしいあの息がかかりそうだ。

「十五日」

「ピンポーン！」

「でしょ〜っ」

有里恵は、親愛の情を込めて昨日叩いた聖矢の右肩に顔を落としそうになった。

しかし、そうはならなかった。

スモークガラスのドアの向こうに、人影が現れたのだった。

その瞬間、有里恵が体を正した。聖矢も仕事に戻った。タッチタイプの自動ドアが開いて、二人の若い女が入ってきた。

「いらっしゃいませ」

有里恵がにこやかに迎えた。笑顔に親密さが出ている。きっと常連客なのだ。

「お久しぶり。でもないかな。あら、新人さん？」

薄いオレンジ色の、ノースリーブのサマーニットを着た豊満な美女が、聖矢を見て言った。有里恵よりは年上に見える。

「そうです。どうぞよろしくお願いします」

聖矢は頭を下げた。

「いつもいらしてくださってる方。杉村《すぎむら》さんっておっしゃるの」

有里恵は彼女を聖矢に紹介した。

「そんなにいいお客さんでもないんだけれどね」

声をかけてきた女は、聖矢の顔や蝶ネクタイを見ながら笑顔で答えた。

連れの女は遠慮がちにうなずいているだけだ。こちらは、常連というのでもないようだった。

「ね、いいお店でしょ」

最初の女は連れの女に言っている。

聖矢は、ドアから入ってすぐ右手のテーブルの片づけをしている。有里恵は一つおいた一番奥のテーブルを片づけている。

豊満な美女は左に行き、そちらに一つだけある四人掛けのテーブルに着いた。店内の感じを見ながら、連れの女も椅子に腰を下ろした。

有里恵はすでにカウンターの中に入っており、聖矢がカウンターの中に入ろうとした時、新しい客に水を出すために出てこようとした。

聖矢はトレイを持って、有里恵が出るのを待っていた。

「あ、ごめんね」

左から右に、有里恵が通り過ぎた。

爽やかな風が流れた。芳香と言うべきか。

髪の匂い、化粧の匂い、服の匂い、肌の匂い。そういった体香に混じって、「ごめんね」と言った息の匂いが感知された。

「いいえ」

と答えて、入れ替わりに聖矢はカウンターの中に入った。

（なんていい匂いなんだろ）

そのことで頭はいっぱいだ。

トレイを流しに置きながら、ひそかに深呼吸をした。媚香が鼻に満ちた。胸にも満ちた。そして全身に広がっていく。

(ああ、幸せ)

美女の匂い香りに包まれる悦びをかみしめた。

(花島さん、じゃない、有里恵さんはどうなんだろ?)

水道のコックをひねり、そう思った。

夫を失ってからのこの五年間、有里恵は男の匂いに包まれる悦びを体験したのだろうか。

男のことなど、もう忘れてしまっただろうか。しかし、この喫茶店以外に生きる楽しみのようなものは? ペットでも飼っているのだろうか。何か趣味を持っているのだろうか。音楽とか何か、楽しみがあるのだろうか。

「あたしはキリマンジャロ」

よく来店するという客が注文した。この二日間の客を見ていると、七割以上が単独の豆を頼んでいる。

「単品も最高だけど、ブレンドも最高。って、迷っちゃうわよね」

連れの女にそう言って、自分で笑っている。

「じゃあ、わたしはモカ」

「はい。モカですね」

有里恵が注文を繰り返している。

かぐわしい息がテーブルの上に流れているのだろうか。

(美女だから特別いい匂いがする、ということもあるのかもな。美女の特権、とでもいうか)

そんな勝手なことを思いながら聖矢がカップとソーサーを洗っていると、注文を取った有里恵がカウンターに入ってきた。

コーヒーの粉やドリッパーは、カウンターの左側にある。

「あ、すみません」

聖矢は有里恵が後ろを通っていけるよう流し台に体を寄せ、背も反らした。

「ちょっと失礼」

語尾を上げて言って、有里恵が通過した。

乳房が背中をこすった。

(あ、お乳……)

乳房のまろやかさが目に見えるようにわかって聖矢は焦り、手が滑って、洗っていたカップを落としてしまった。

だが落ちたカップは幸いに他のカップとぶつかりはせず、事なきを得た。

(危ねー危ねー。気をつけないとな)

ひやっとした背中に、先ほどの乳房の感触が甦《よみがえ》る。

乳房は右肩甲骨の下を真横に這っていったのだ。出っ張っているところが接触したのに決まっているから、つまり、乳首が当たったのだ。

(感じたりしないのかな)

注意深くカップを洗いながら、女性の体にさほど知識のない聖矢は思った。

ずっと男と接していないと、性感がなくなってしまったのだろうか。年寄りではあるまいし、それはないだろう。まだ三十前、女盛りの熟女なのだ。

有里恵の肉体に思いを馳せた聖矢は、昨日、有里恵が自分にエプロンを着けてくれた時のことを思い出した。左の乳房が聖矢の右腿に触っているのに、有里恵は気づいてもいないような顔をしていたのだ。

(やっぱり男に抱かれていないと、性感が衰えるかなくなるかするのかも)

実際にそうだった場合、体の感覚というものは元に戻るものなのだろうか。誰かに愛撫されると、体はまた感じ始めて、有里恵ははあはあと喘《あえ》いだりするのだろうか。

ソーサーを洗う手が、止まっていた。ハッとして聖矢は手を動かした。

いやらしいことを考えていたのがバレてしまったかと、こっそり有里恵を窺った。

有里恵はコーヒーを淹れる用意をしていて、こちらのことは目に入っていないようだ。

水色の右胸が、むっちりと膨らんでいる。

(あそこが背中に触ったんだ)

聖矢は生の乳房と乳首を想像してみた。

昨日覗き見たストッキングと内腿の生肌が、目に甦った。もう少しでショーツが見えるところだった。

コーヒー色のストッキングを、今日もガーターベルトで吊っているのだろうか。なめらかな内腿が出ていて、その上にショーツがあって……。

アソコの匂いは、昨日と今日嗅いだ芳香とは全然違うのだろうか。それとも、そういうのをベースにして深めたようなものなのだろうか。

男のモノが、むくむくと変化し始めた。

「あ」

思わず、大きな声を出しそうになった。

充血し始めたものは、すぐには収まらない。エプロンをしていなければ、絶対に目に留まる。

（小さくなってくれ。縮んでくれ）

祈るような気持ちで聖矢はソーサーをスポンジで撫で回した。

3

バイト三日目の午後二時過ぎ。

午前十一時で、気温は三十四度を超えた。

外の暑さのせいか、今日は昼時の客もそれほど多くはなく、聖矢はすでに昼食を終え、カウンター内の椅子に座って、ケータイでゲームをしていた。

客はいない。

今のうちにと、有里恵は歩いてすぐのコンビニに荷物を出しに行った。静岡の実家に、ブレンドしたコーヒーを送るのだという。

「実家とは、あんまり付き合いたくないんだけれど」

出かける時、白のタンクトップを着た有里恵は、少女のように顔をしかめて言った。

「何でですか」

独り暮らしは淋しいだろうと、この三日間心配し続けている聖矢は、意外に思って訊いた。

「うるさいの。いろいろと、ね」

そうとだけ答えて、有里恵は胸の前に荷物をかかえ、出ていった。

(再婚か何かのことかな)

スモークガラスの向こうに消えていく白い姿を見送りながら、聖矢は思った。

二十二歳で結婚し、たった一年で未亡人。現在まだ二十八。親が再婚を勧めるのは当然だろう。

(ずっとセックスしていない場合、女のアソコってどうなるんだろ。バージンに戻る? そんなことはありえないが?)

今日、有里恵は、アイボリーのスカートをはいている。

「白」で決める日なのか、ストッキングも真珠のような色で、靴も白だ。ブラジャーも白っぽい。

それならば、ショーツもそうだろう。清楚なショーツが有里恵の大事なところをやさしく包んでいて……。

いけない部分を想像した時、男のモノが昨日に続いてまた活動を始めてしまった。

有里恵が行ったコンビニは、歩いて三分程度はかかる。すぐ帰ってくる。いくらエプロンをしているからといって、勃起させたままでいるわけにはいかない。

それで気をまぎらわそうと、聖矢はケータイのゲームを始めたのだった。しかし目論見は脆《もろ》くも瓦解《がかい》した。始めて一分たったかどうかで客が来たのだった。

「あ、いらっしゃいませ」

カウンターの中で聖矢は立ち上がった。

昨日、二人連れで来てキリマンジャロを注文した、杉村という豊満な美女だった。今日は、胸の大きく開いたトロピカルプリントのワンピースを着ている。

「わあ、涼しい。生き返った気分ね」

美女は誰もいない店内を見回している。

聖矢はポットからグラスに水を注ぎながら、パンツの中を確認した。勃起と言えるほどの勃《た》ち方ではない。

当然ズボンもはき、エプロンもしている。目立ちはしない。それに客が来た緊張で、すぐにも収まりそうだった。

「花島さんは、ご不在かしら?」

美人客は、昨日来店した時に有里恵が後片づけをしていた、ドアから入って一番右のテーブルに向かっていく。そこがいつもの席なのかもしれない。

「はい。コンビニに荷物を出しに行きました。すぐに戻ってきます。歩いて、往復十分はかかりませんから」

カウンターから出て席に向かいながら、聖矢は答えた。

「静岡にコーヒーを送るのね」

「え。知ってらっしゃるんですか。どうぞ」

聖矢はトレイに載せたグラスをテーブルに置いた。

「どうもありがとう。そう。お茶の静岡にコーヒーを送るのを仕事にしてるの」

彼女はグラスを取り上げ、薄ピンクの口紅を塗った唇で、一口すすった。

「仕事ですか」

「自分の、ってこと。ご両親、コーヒーが好きなんですって。花島さん、美味しいものをって、ローストしたての香ばしいのを送ってるのよ。生の豆も送ったりしてるけれどね。お父様がご自分でローストしたりするんですって」

「はあ、そうなんですか」

感心するように聖矢は応え、彼女がしたことにまた感心した。

彼女は、バッグからティッシュを出すと口をつけたグラスの縁を拭き、使ったティッシュをバッグに戻したのだ。

エチケットのちゃんとした人だと聖矢は思った。それはそれとして、店主がいないなりに注文を訊かなくてはならないのがバイトの役目だった。

「あの、何になさいますか」

「コーヒーを頼んだら、淹れてくれるのかしら」

笑いながら彼女が言った。

「いえ。一応、ご注文だけでもと思いまして」

頭を掻きながら聖矢は笑顔を返した。

「じゃあ、花島さんが戻ってきたら、キリマンジャロを頼んでくださいな」

「承知いたしました。お客さま、昨日もキリマンジャロでしたよね」

「ま。覚えていてくれたのね。嬉しいわ。もしかして、名前も覚えてくれていたりして」

「はい。杉村さんですよね」

「まっ。まっ」

豊満な胸の前で手を合わせ、客は芯から喜んでいる顔をした。聖矢はパンツの中のものが収まっていることを確認した。

「キリマンジャロ、お好きなんですか」

「そ。好きなのは、いろいろとだけれど。でも、花島さんは幸せよねえ」

「はあ。そうなんですか」

「そうなんですかって、あなた、そうに決まってるじゃないですか。二宮君ていったわよね、あなたのような美男子と、毎日一緒にいられるんですもの」

「えっ。僕、美男子なんかじゃありませんよ」

正直に、聖矢は言った。十六年の自分の歴史に、そうであることが裏づけられるような出来事はなかった。

「何を言うの。謙遜《けんそん》はやめて。能ある鷹は何とやらって言うけれど、イケメンさんは自分の容姿を鼻にかけたりしないのね」

「僕、イケメンなんかじゃないです」

聖矢は手を振り、本気で否定した。

「信じない」

歌うようにゆっくりと言って、杉村という客はじっと聖矢をにらみ上げた。聖矢も、目をそむけることができない。

白いふっくらとした顔。

整った目鼻立ち。

ぬめり感に富んだ唇。

肩を覆う、明るい栗色のさらさらの髪。

昨日、一目見てかわいいと思ったが、こうして間近で見ると、有里恵とはタイプは違うが、ますます美人の印象が強い。ひきつけられるようにさらに目を凝らす。

「二宮君て、女の子にもててこなかった顔じゃないもの」

「いえ。もてたことはありません」

答える心の中は、悲しかった。

「わたしは三十年生きてきてるの。それなりに、ものを見る目はあるわ。そのわたしが、二宮君のことをイケメンさんて判定を下してるんだもの、間違いはないわ」

「えー。そんなこと言われても」

戸惑いながら聖矢は、今までとは違った自分を見る気分になっていた。

小さい時から、もてたことはない。しかしそれは、〝小さい時〟の話なのではないか。まあ、中学校まで、としようか。

ひょっとして高校に上がって、自分は徐々に変わってきたのか。中学三年の時に百六十九センチだった身長が、今は百七十五センチあるし。

顔も、これといった特徴があるとは自分では思っていないが、人の目にはよく見えるようになってきたのかもしれない。

引っ込み思案だった性格も、バイトとはいえ、今こうして普通に年上の女性としゃべっている。

そもそも、この話が来てすぐに決断したというのが、我ながらすごい。考えてみると、今までになかったことだ。

(俺は変わったんだ)

聖矢は体が熱くなるような自信とともに、そう思った。

「わたし、今日、幸せな気持ちで寝られるかも」

豊満な胸をせり出すようにして聖矢を見上げ、彼女が言った。

「…………」

なぜ、という目で聖矢は見下ろした。

「二宮君のような素敵な男の子と、こうやってお話しすることができて」

「そうですか。それはどうも……」

「ね、ね、お願い。一つ、どうしてもお願い」

「何ですか」

「メルアド教えて」

「いえ、いいですけど」

「嬉しいわあ。二宮君て、ほんとにやさしい子なのねえ。ついでにね。わたしの下の名前は美音子《みねこ》っていうの」

言いながら彼女はバッグからピンクのケータイを取り出した。聖矢もズボンのポケットからケータイを出した。

「電話番号も、いいかしら」

彼女はひどく焦っている。有里恵が戻ってくると思ってのことか。メルアドを教えてもらうことでなのか。

「いいですけど」

「じゃあ、わたしの番号にかけてみてくださる?」

大きな胸の前でケータイを握り締め、杉村美音子は自分の番号を言った。聖矢はそれを発信した。すぐに彼女のケータイが鳴った。

「わ。かかってきたかかってきた。これでよし、と」

美音子は満面に笑みを浮かべ、バッグからメモ用紙と、中指ぐらいの長さで、小指の半分ぐらいの細さのボールペンを取り出した。

「メルアド、これに書いてくださる?」

「はい」

聖矢は差し出されたボールペンを受け取った。

指と指が触れ合った。ふと聖矢は、昨日この客が来た時に、有里恵の乳房が背中に触ったことを思い出した。

「わあ、素敵ぃ。絶対素敵」

テーブルに置いたメモ用紙に聖矢がアドレスを書こうとすると、美音子が感に堪えないような声を出した。

「は?」

聖矢は手を止めて美音子を見た。

「ねえ。ほんのちょっと。ほんのちょっとだけ——」

瞳を潤《うる》ませ、声を震わせて、美音子が言った。白い両手は、聖矢の手を包みたそうに前に出されている。

「はい」

「指に触らせてちょうだい。ね? ね? だって、すっごいセクシーなんだもの」

「えっ。僕の指がセクシーなんですか」

「わ！　触っちゃった！　あ～ん、嬉しい～っ」

指先で聖矢の人差し指にそっと触れた美音子は、熱狂的なタレントに握手でもされたかのように喜んでいる。

自分は人をそれほど感激させる男なのかと信じられない思いで、聖矢はメモ用紙にアドレスを書いた。

さらに求められて聖矢が下の名前をメモ用紙に書き終えた時、スモークガラスの向こうに有里恵の姿が見えた。

「あ、帰ってきました」

聖矢はケータイをポケットにしまった。美音子も外に出していたものをすべてバッグにしまった。

4

夜、十時半を回った。

聖矢は自室で机に向かい、鏡に顔を映していた。

この顔のどこがイケメンなのだろうか。自分では信じられないが、信じなければならない時なのかもしれない。

自分に自信を持てば、道が新たに開けるものでもあるだろう。二学期から自分は変わる。自分を見る周りの目も変わる。

たまたまバイトの話を持って来てくれた加橋夫人には、会った時にでも礼を言わなければならないだろうな。

と、机の上に置いたケータイがメール着信を知らせた。有里恵でも春日隼人でもない。着うたを設定していない発信者だ。

杉村美音子からだった。

『夜遅く、ごめんなさい。寝られなくて』

それだけの内容だった。

今日は幸せな気持ちで寝られると言っていたのに、寝られないのか。いや、「寝られるかも」と言ったのだったか。

が、返信などしてもいいのだろうか。三十歳だという。結婚しているのかどうか、など何も聞いていない。

あんなふうに聖矢の指に触って感激するぐらいだから、独身で、それも恋人がいない人なのかもしれない。

いや、物言いはああだが、有里恵よりも大人びた感じがあった。歳が二つ上だからというのではない、家庭人だという雰囲気があったと思う。

しかし、こうして眠れないというメールを送ってきている。少なくとも、そばには誰もいないのではないか。

そう判断して、聖矢は返信した。

『幸せに寝られるとか、言っていたじゃないですか』

待ってましたと喜んだか。すぐに返信が来た。

『幸せでなくなったの』

『どうしてですか』

『思い出しちゃって』

ものすごく思わせぶりな文面だった。胃の辺りが疼《うず》くような気分を覚えながら、聖矢は送信した。

『何を思い出したんですか』

『聖矢君の、ユビ』

「え、ユビ?」と思ったが、聖矢はそっと触られた右手の人差し指を見た。

リアルタイムで、美音子はこの指を思っているのだ。自然と腹部の疼きが濃厚になった。胸も熱くなってくる。

これが恋とか、人を好きになるという感じなのだろうか。

それと同じ感覚を、自分は有里恵を思ったり接したりする時に感じていたのだと、聖矢はこの時知った。

(俺は有里恵さんを好き？　杉村さんを好き？)

自問してみる。

たぶん二人とも好きな部類なのだとは思う。しかし、はっきりと判断できるものはない。

物心がついてから今まで、人を好きになったことなどないのだ。自分のことなのに、何もわからない。

有里恵に対しては、美人だ、素敵な女の人だと思う他に、具体的な体の接触がある。スカートの中を覗いたりもしている。

そこが、美音子とは大きな違いといえるが、有里恵から自分に何か働きかけてきたことはない。もっとも、知り合ってたった三日だが。

仮に、自分にとって美音子が有里恵よりランクが下だとしても、こうしてメールをしてくるのであれば、恋人などに発展する可能性は大、ということなのだろうか。

(だけど、夫とかいたら、どうする)

聖矢は苦笑した。全く能天気に考えを進めている。いや、美音子はシングルなのかもしれないのだ。

一つ大胆に訊いてやれと、聖矢は思った。

『旦那さんの指と比べて、どうですか』

ドキドキしながら送信した。すぐに返ってきた。

『旦那の指は忘れそう（笑）』

聖矢はがっかりした。

独身でも、有里恵のような未亡人でもないのだ。普通の人妻ではないか。自分にはやはり、有里恵しかいないのだ。

（いや、人妻だからいいんじゃないか？　不倫だよ、不倫）

肩をすくませて笑った。

しかし、歳の差が十四。ほとんど倍ではないか。

いや、女が年上でこれぐらいの差があって結婚するカップルだっているはずだ。

初めての恋。相手は人妻。いろいろリードしてもらって……。体と心がカッと燃え上がった。

美音子には本当にその気があるのか。確かめてみなければならなかった。

『旦那さんはそばにいるんだから、忘れるなんてことはないでしょう?』

『そばにいないもの』

『どこにいるんですか』

もしかしたら自分に夢のようなことが持ち上がるのではないかと胸を高鳴らせて、聖矢は訊いた。

『オーストラリア』

『ずっと帰ってこないんですか』

夢物語が目の前にある気がする。

『秋には帰ってくる予定』

『それは淋しいですね』

美音子に送信しながら、頭では未亡人の有里恵を思っている。

どこかで有里恵を裏切っているような気がした。しかし有里恵は自分をただのバイトの子としか見ていないに決まっている。

体の接触にしても、有里恵自らああしてきたというのではない。偶然あのようになったというのにすぎないのだ。

(じゃあ、あのアイスは?)

聖矢は、有里恵が買ってきてくれたみやげを思った。

コンビニに荷物を出しに行った有里恵の帰りが少し遅かったのは、店が混んでいたことと、一旦荷物を出してからわざわざ聖矢にアイスを買い、あらためてレジの客の後ろに並んだからだった。

店に戻ってきた有里恵に聖矢は美音子の注文を告げ、たった今おひやを出したところだと見せかけた。

心に疾《やま》しさを感じたが、美音子が二人だけの秘密にという顔をしている以上、仕方がなかった。

そうして、有里恵がわざわざレジの後ろに並びまでしてアイスを買ってきてくれた——有里恵も自分の分を買ってきたとはいえ——と知って、疾しさは申し訳ない気持ちに変わった。

あの時のことが、今また頭に浮かんでいた。

一本のアイスでも、手作り昼食同様の重みがあるのではないか。ひそかに聖矢のことを思っているというメッセージなのではないか。

自分は未亡人だからという引け目のような気持ちがあって、有里恵は美音子のように正面切っての行動に出られないのではないか。

（だけど、俺って、そんなにもてる男？　もしかして、年上にもてるタイプ？）

春日隼人の顔が、目に浮かんだ。最近、隼人がゲットした女の子は、高校一年ということだ。

美音子からまた返信が着ていた。

『淋しい独り寝の妻なの』

『お子さんは？』

有里恵に疾しさを覚えながらも、やめられない。

『欲しいんだけれど、できないの』

不倫に誘っているとしか考えられない、その返信メールに聖矢はドッキリとした。

『旦那さんが愛してくれないということですか』

『それって、カラダのことを言ってるのかしら』

『そう受け取ってくれてもいいです』

ドキドキしながら聖矢は返信した。こんなやり取りなら電話のほうがいいかとも思ったが、いざとなったら気が引ける。

『写メール、送ってくれる？』

『何の写真ですか』

心臓が苦しくなった。アレのなどという返信が来たら、どうしよう。

『聖矢君のユビの』

返ってきた答えに聖矢は半ばほっとし、半ば残念に思った。

『わかりました。今送ります』

聖矢は、ボールペンで字を書く自分の指がセクシーだと美音子が言ったことを思い出し、右手の写真を撮って送った。

美音子からは受信したというメールが来ない。自分の指の写真を見ながら寝てしまうのかと聖矢が思っていると、来た。

『お礼』

というメールに写真が添付されている。聖矢は開けて見た。

(わっ……!)

息が止まるかと思った。

女性の乳房の写真だった。

ラベンダー色のネグリジェの胸が大きく広げられていて、真っ白い双乳が乳首ぎりぎりのところまで移されている。

指の写真の礼でこれなら、もっと違うところの写真を送れば、乳首モロ見えの写真を送ってくるのではないか。

どうする？　勇気を出して、エッチな写真を送ろうか。聖矢はわなわなと震えそうになった。

ところが、聖矢が新しい写真を送らないのに、また写メールが来た。写真を開く指が震えた。

（うわっ。すげえ！）

こっちから何も言ってないのに、乳首丸見えだ。雪の山にサクランボがのっているように写っている。

（杉村さんのお乳だ。杉村さんのおっぱいだ。乳首だ）

聖矢は目を剝いて画面をまさぐり撫でた。目の前に今、あの美人妻がいるようにも思える。

残念なのは、肌の温もり、柔らかさが伝わってこないことだ。いや、そんな贅沢《ぜいたく》を言うべきではない。

また、着信。開いた。

「うっ、嘘っ！」

声に出して言っていた。

何と、アソコだ。アレだ。

ピンクのショーツが腿の途中まで下げられている。ネグリジェは、腿の付け根近くまでずり上げられている。

女の秘密の場所が、覗き見るように写されていた。

やんわりと縮れた秘毛が、はっきりと見える。

だが、股は閉じている。見えているのは、まだ電車などでのパンチラ程度だ。

(杉村さん、もっと見せて)

祈る思いで聖矢は待った。

来た!

『おやすみ』

これで終わりというメッセージと一緒に、写真。今度は股を開いて?

焦ってケータイを落っことしそうにしながら、聖矢は画像を出した。

(おおお……)

感激のあまり、見ただけで射精しそうになった。

美音子は股を開いてくれていた。

しかし、隙間程度だ。

隙間程度だって、よかった。桃色の肉の地肌が、ちゃんと見えているのだ。割れ目など、どこがどうかはわからない。肉の襞がぐにょぐにょしているだけだ。

聖矢は画面に鼻をくっつけた。

匂いでもしそうな気がしたのだ。もちろんそんなことがあるわけもなかったが、美音子の生性器に鼻をつけているという感じは、濃厚にした。

(おおお、もう、たまらない。杉村さん、俺、もう、我慢ができないよ)

聖矢はパンツを下ろした。

肉幹はギンギン。亀頭は真っ赤に艶光りして、今にも精液を飛び出させそうだ。

(杉村さんのここに、おちんちん入れて……)

鳥肌立つような愉悦に見舞われながら、聖矢は亀頭を画面に接合させた。

その上で、美音子が自分の指で愛撫されていると思いながら一人エッチをしている情景を想像したとたん、肉幹は烈しく脈動して精液をほとばしらせた。

第三章　マスクの意味

1

バイト四日目の今日は、土曜日ということもあるのか、『ミレーユ』は十一時頃から混み始め、いつものような暇な時間もなく、満員に近い状態は仕事上がりの五時まで続いた。

今日も美音子が来るかと聖矢はそれなりに期待していたが、姿は見せなかった。

聖矢が五時で上がるとは、美音子には伝えていない。聖矢が帰ったあとで来店したということもあるかもしれなかったが。

美音子が現れないことで少し残念な反面、矛盾するようだが、ほっとする部分もあった。

ああいったメールのやり取りがあった以上、会った場合に自分がまったくのポーカーフェイスでいられるかどうか、自信がなかった。

自分が美音子に気があるような、逆に美音子が自分に気があるような素振りが、いつ出ないとも限らない。

そんなものを見て有里恵が訝ることを考えると、自分がいる間は美音子に来店してもらわないほうがいいのではないかと思ったりもした。

しかし、この先ずっと、自分がバイトをしている八月いっぱいまで美音子が来店しないというのは不自然だ。

とはいえ、三十歳という大人である美音子は自分以上に状況を読んで行動するだろうから、そのへんのことはうまくやるのだろう。

(仕事のことにからめてでも、有里恵さんからメールしてくればいいのにな)

忙しく立ち働く有里恵を見ながら、何回か聖矢はそんなことを思った。

昨夜、美音子とのメールのやり取りを終えたあとで、聖矢は有里恵のアドレスを出した。

夫が海外出張の美音子も淋しい思いをしているが、淋しいのは有里恵も同様ではないのか。

『今日一日、お疲れさま』とか何でもいいから、寝る前に一つメールしてきて、こちらからの『有里恵さんこそお疲れさまでした』のメールを受け取るだけでも、美音子ではないが、幸せな眠りに就くことができるのではないだろうか。

(俺からメールすべきなのかな)

ケータイを撫でながら、聖矢は思った。

『アイス、ごちそうさま。おいしかったです』

その一言でもいいのではないか。

そう思うと、立て続けにメールのやり取りをした美音子の姿は薄まり、今目の前に有里恵が大写しで迫ってくる気がした。

かぐわしいあの匂いと一緒にだ。内腿の、白くなめらかな生肌、さらに、背中を掃いたあの乳房の感触とも一緒にだ。

『アイス、ごちそうさま』

聖矢は件名を入力した。

心臓が、烈《はげ》しく打ち始めている。

『おいしかったです』

本文を入力した。

(俺、有里恵さんのこと、好きなんだ)

あらためて、そう思った。

その時、美音子が悲しむ顔が浮かんだ。

「わたしのこと、捨てるのね」

美音子が涙目でなじる。

「わたしがどんな気持ちでミレーユに行ったか、聖矢君にはわかるかしら。一世一代の気持ちでメルアドを訊いたのよ。それで、あんな恥ずかしい写真まで見せたのに」

三十歳の人妻が、十六歳のガキンチョにそんな泣き言を言ってくるだろうか。

いや、女はわからない。いくつになっても、女はわからないものらしいし。

勝手にそんなふうに思った。そして送信することなく、ケータイを切った——。

そして前夜のことを思い返す。

もし、店に暇な時間ができていれば、有里恵や美音子のことを深く考える余裕もあったのだろうが、落ち着く間もなかったし、昼食も今日は店で売っているサンドイッチとジュースだった。

(俺は有里恵さんと美音子さんのどっちが好きなのかな)

気がつけば十時を過ぎている。

昨夜、美音子からの初メールがあったのは、この三十分後だ。今日も美音子はメールしてくるだろうか。

聖矢がいる間は店に来なかったのだから、してくる可能性は大と言えるだろう。それとも、いよいよ有里恵から来るだろうか。無理かな。

『今日は忙しくて、ごめんね』

とか何か。

『とんでもないです。有里恵さんこそ大変でしたね。脚が棒になったでしょう。お客さんがはければマッサージでもしてあげようかと思っていたんですよ』

勇んでそうメールしようか。後半は、やりすぎか。いや、そんなこともないのではないか。

『ウソっ！　同じことを考えていたのね。わたしも聖矢君の脚を揉んであげようかって思っていたのよ』

そう来たら、どうする。

乳房の感触が背中に甦った。

馥郁《ふくいく》たる媚香が脳髄に甦った。

抜けるように白い内腿の生肌が、目に迫った。

（わっ）

パンツの中で、肉茎がむくむくと頭をもたげてくる。

（有里恵さんの内股の奥の秘密、見たいよ。杉村さんのアソコとおんなじなのかな？違うのかな？）

熱く、切実に願った。

しかし明日は休みだ。一日中、有里恵の顔を見ることができない。

突然、机の上のケータイがメール着信を知らせた。有里恵ならぬ美音子の着メロだった。聖矢はベッドから跳ね起きた。

『お一人かしら』

と、ある。

自分が誰と一緒かと言っているのだろう。隼人のような同年代の彼女でもいると思っているのだろうか。

自分はもてたことがないと、昨日言ったのに。それでも美音子には、信じてもらえなかったのだろうか。

『もちろん一人です』

聖矢は返信した。

『電話なんかしたら、ご迷惑かしら』

『全然迷惑じゃありません』

聖矢が送信し終わってすぐ、美音子から電話がかかってきた。

こういう時に有里恵から電話がかかってきたりしたらどういうことになるのだろうと思いながら、聖矢は出た。

「はい。もしもし」

「わ」

「え？　何ですか」

「聖矢君って、電話の声も素敵ね」

「そうですか。自分ではわかりません」

「聖矢君、何でもわからなさすぎ」

「はい。自分でもそう思ってます」

聖矢は素直に答えた。

女の人とこういうふうに電話で話すのは、人生始まって以来と言っていい。知らないことだらけで当然なのだ。

これから、三十歳の淋しい人妻が、いろいろと教えてくれるのだろうか。

いや、美音子は単に時間潰しとしか考えておらず、不倫も何も、思っていないのかもしれない。

「明日はお店、お休みね」

「はい。そうです」

「また、つらい一日になるわ」

「え。どういうことですか。今日は、僕がいる間は、杉村さん、いらっしゃいませんでしたよね」

「ああん。そんな言い方しないで」

「は……？」

聞き耳を立てるように言って、聖矢はじっとりと汗が滲み出すように感じた。

耳がとろけそうに甘い口調だった。

今、どんな格好で電話しているのか。ラベンダー色のあのネグリジェを着ているのか。ショーツはずり下げているのか。

「杉村さんなんて、そんなよそよそしい言い方はしないで。あれを見たんだから……。見たわよね」

「はい」

「お店とかじゃなく、二人だけでお話してるんだから、尊敬語みたいなのもNG」

「はい。だけど、僕はまだ子供で、杉村さん、じゃない、あの、何て言えばいいんですか」

「名前を呼んでちょうだい」

「美音子さん、てですか」

「あ、嬉しいっ」

鼻にかかった声が耳に流れてきた。美音子は全裸かも、と聖矢は一瞬思った。

「ね、ね、もしもし、聖矢君?」

「はい」

「今日はね、行きづらかったから、行かなかったの」

「どうしてですか」

「花島さんにニラまれるもの」

「えっ。何でですか」

と聖矢は驚いたふうを装ったが、意味はわかっていた。美音子は有里恵のことを気にしているのだ。

「昨日、花島さん、コンビニから帰ってきたでしょ? あの時、目が光ったのがわかったのよ」

「そうですか?」

「聖矢君はまだ人生経験が多くはないからね」

「ええ」

「それにね、アイスを買ってきたでしょ？　花島さん、わたしにすごく気がねしてたの。親しいとはいえわたしが客である以上は、気にしたり遠慮したりすることじゃないのよ。それがそうでなかったのは、絶対にわたしたちのことを勘繰ったからなの」

「へえ。そうですか」

そこまでは、聖矢は考えが及ばなかった。

「ということはどういうことかというと、つまり、花島さんは聖矢君に気があるということなのよ」

「えっ。まさか」

聖矢は頭から否定するような言い方をしたが、やはり有里恵は自分のことを意識してくれてるのかもと、胸を疼かせた。

「それが、まさかじゃないの。女心は女が一番よくわかるわ。だから行きづらくて今日は行かなかったんだけれど、明日はお店はお休みでしょう？　だから、わたし、よけいつらくて」

つい先ほど、有里恵に会えないから休みなどなくていいと自分が思ったのと同じことを、美音子が言った。

「ね、聖矢君、折入って頼みたいことがあるんだけれど」

熱気すら感じられる声で、美音子が言った。

「はい。何ですか」

また、汗がじわりと滲んだ。

今これから、何かが始まるのか。

「淋しい人妻のために、体を提供してくれないかしら」

「か、体を!? てっ、提供ですか」

ベッドでもつれ合う二人を思い浮かべた。

「主人がいないでしょう？　駄目？」

口調は悩ましく甘く、声が耳にぬめりつきそうだ。

「あ、あの、僕、いろんなこと、本当に、全くしたことがないんですけど」

「いろんなこと？　たとえばセックスとか、そういうことを言ってるわけ？」

「えっ。あっ、違うんですか。違ってたらすみません。僕、何も知らないんで」

「ううん、それはいいんだけれど。一時間ぐらい、そばにいてほしいの。そばにいてくれるだけでいいわ」

「は、はい。いいです。いいですよ」

自分が見ているところで美音子は何かをするのだろうかと、聖矢は昨夜の写真を思い出し、淫らな妄想に打ちのめされそうになりながら答えた。

2

翌日曜、約束の午後一時少し前。聖矢は美音子が住む町の駅に降り立った。

聖矢の町の駅から来ると、『ミレーユ』のある駅の一つ先だ。有里恵は店の一つ手前の町に住んでいる。

有里恵はめったに電車に乗ることはないらしいが、鉢合わせをしたらどう言い逃れをしようかと、聖矢はそのことで身の縮む思いがしていた。

絶対的な後ろめたさがあった。しかし目の前にぶら下がった未知の世界には抗しようもない。

今はとにかく美音子のマンションに行くことになっているのだ。

電車に乗っている時にすでにメールのやり取りをしていたが、駅前ロータリーで美音子が待っている赤い車は、一瞬で見分けられた。

「まあまあ、ようこそいらっしゃいませ。うふふ。いつもと逆だわね」

助手席に乗り込んだ聖矢を、美音子は満面の笑みで迎えた。

美音子は今日、襟ぐりの広いひまわり色のTシャツを着ている。むんむんと突き出した双乳は、相変わらず生肉の豊かさと形をいかんなく見せている。

「あ、あ……そうですね」

聖矢は、かつて知らない世界に埋没していくような気になった。

有里恵も全身に芳香を漂わせている。しかしその点では美音子もまったく遜色《そんしょく》なく、豊潤な甘い香りが車内に充ち満ちている。

車が滑り出した。

(わ、わお)

聖矢は、目のやり場に困った。

いや、まっすぐ前を見ていれば、何ということもない。

と思っていても、駄目なのだった。顔も目も正面を見ているのに、これでもかとばかり、美音子の裸の太腿が視野を席巻する。

美音子はコーヒー色のミニスカートをはいていた。

アクセルに乗せた右脚は、とろけるような白い内腿を光らせている。左脚は膝が緩く曲げられて、左前方に伸ばされている。

ミニスカートの裾は腿の付け根から二十センチというところか。

(み……見えてしまう)

ふと、〝カー・セックス〟という言葉と情景が頭に浮かんだ。

普通、男と女は席が逆なのだろうが、それはまあ、いいとしよう。こういう状態で、ちょっと手を伸ばせば、触ってはいけないところに触ってしまえるわけだから。

車という密室であれば、そうしないほうが不自然というものなのではないだろうか。

しかし、見えそうで、見えない。今のままだと、絶対見ることはできない。何かを落としたふりをして、覗いてみようか。

この間の有里恵の場合は、ガーターでストッキングを吊っていた。

(ショーツをはいてきていないということは、ありえないだろうな。えっ、えっ、ありえたらどうしよう)

鏡! 鏡! と、聖矢は心の中で叫んだ。

その時、美音子の右脚が浮いて中央寄りに動いて、きつめのブレーキを踏んだ。

体がつんのめった。シートベルトはしているが、顔がぐっと下がった。

右視野に、右の内腿のかなり奥が。

「ごめんね」

「はい？」

何も見なかったふうを装って聖矢は体を立て、美音子に顔を向けた。

（わ！）

目が、飛び出しそうになった。

美音子のシートベルトが突っ張って胸に食い込み、ひまわり色の乳房が丸々倍の大きさに膨らんでいるではないか。

だが、聖矢はそんなことは知らないという顔をして、美音子の顔のほうを見た。

「前の車が急ブレーキをかけたの」

右脚がアクセルペダルに戻った。左手がハンドルから離れて、シートベルトを緩めた。手は、右の乳房にも左の乳房にも触った。

「あ、そうですか」

「首とか、大丈夫だった？」

シートベルトを直した美音子の左手がハンドルに向かったが、戻りはせずにそのまま伸びて、聖矢の右腿に触ってきた。

（えっ。ついにカー・セックス？）

こんなところでいきなり始めるのかと、聖矢はとまどった。

駅からまだ一、二分。繁華街を走っているというのに、夫が出張中のこの美女妻は、それほど男に飢えているのだろうか。

白い指が何か屑《くず》のようなものをつまみ、シートの後ろに回った。

「え？」

「何か、ついてるわよ」

「ああ、すみません」

早とちりにもほどがあると、聖矢は自分が恥ずかしくなった。

美音子が後ろに手をやったのは、リアシートの前に屑籠があるからだった。ゴミを捨てた左手は、そのままハンドルに戻った。

「遠いんですか」

勘違いをした恥を頭から振り払うつもりで、聖矢は訊いた。

「ううん、すぐ。あそこ」

美音子が右手で右前方を差した。

十階建てぐらいの白いマンションと、その向こうにそれより高いグレーのマンション、さらにその向こうにレンガ外壁のマンションが建っている。

「あれの、どれですか」

「一番こっちの」

と示した右手の指が、右の乳房に触ったように見えた。

聖矢はドキッとしたが、美音子は触ったことにすら、気づいてはいないようだった。

3

聖矢は今住んでいる一戸建ての家で生まれ育ち、親戚の家も行き来する友達の家もみな一戸建てなので、実はマンションに入ったことがない。〝別世界〟という感じだ。

その意味でも美音子の住む白い高級そうなマンションはまばゆく感じられたが、彼女の部屋がある最上階の十一階まで、当然とはいえエレベーターで上がっていくというので、どうやって間を持たせればいいのかと、心配になった。

エレベーターは二基あって、六階と十階に止まっている。美音子がボタンを押した。六階に止まっていたものが下がってきた。

周りに人はいない。

(車の中よりも、密室か)

モニターカメラがあるはずだから、中で妙なことにはならないと思うが、万が一ということがある。何もかもが初体験。期待で尻の辺りがムズムズしてくる。

エレベーターのドアが開いた。

「どうぞ」

聖矢は美音子に先を促した。

『ミレーユ』での初日、スタッフルームから出る時に、有里恵に同じようにしたことを思い出した。また、後ろめたさを覚えた。

「ありがと。やさしいのね」

ニッコリとして、しかし美音子は先に入ってはいかず、聖矢の腰に手をあてがって一緒に入った。

ぬくぬくとしていて柔らかい手だった。送られてきた秘部の写真を思い出した。昨夜美音子は、この指でイケナイことをしたのだろうか。

(今日はただではすまないぞ)

ドキドキとワクワクとヒヤヒヤ、ハラハラが、まとめて襲ってきた。

家を出る前、シャワーを浴び、パンツも替えてきた。Tシャツはもちろん、ジーンズも洗いたてをはいてきた。

素足にスニーカーを履いている。サンダルのほうがよかっただろうか。清潔感があって。しかし、だらしなく思われる恐れもあるだろう。

エレベーターが上昇し始めた。腰に手をあてがった美音子はモニターカメラがあるからだろうか、中に入るなり手を離した。

乗ったのは二人だけなので、途中の階のランプは点いていない。このまま一気に十一階まで行くのだ。エレベーターを出て、美音子の部屋に入って、そこで……。

「わたしのところに来たこと、誰にも言っちゃあ駄目よ」

「言いません」

これから大変な秘密を持つのだと思い、プレッシャーを感じた。

家には、友達のところに行くと言って出てきた。もしかしたら遅くなるかもしれないとも言ってきた。

夏休みなのだ。それも、毎日バイトをしているのだ。多少のことは大目に見てくれるはずだった。

とはいえ、まだ一時。これから六時間も七時間も美音子の部屋で過ごすことにはならないだろう。

いや、わからない。今までの常識や安易な予想で判断することは危険だ。これからは、自分にとって未知の世界なのだ。

「特に言っていけないのが誰だか、わかってるわよね」

「はい」

心の中に宝物をかかえている自分がもう一つの宝物に引っ張られていく悲劇を、強く意識した。

「誰にも言わなければ、誰も傷つかないんだからね」

「はい」

何かとんでもない悪事を働いた気分に陥《おちい》りながら、聖矢はうなずいた。

こうして一つ一つ他言できないことを作っていくのが、大人になるということなのかもしれない。

エレベーターは最上階に着いた。

空が近くに見えるような気がした。それよりも、一つ歳を取った気がした。

美音子が部屋のドアを開ける。

いい匂いが漂い出てきた。

「どうぞ。今度は聖矢君から。大事なお客様だものね」

「はい」

と答え、エレベーターに乗り込む時に美音子が自分にしたように、聖矢は美音子の腰に手を回した。

「あら。あらあら」

よろけるようなしなを作って、美音子は一緒に中に入った。

(わっ。わっ。こうやってやればいいんだ)

生まれて初めての女性エスコート。誰に頼まれてでもない自発的な行為。

しかしそれが、すっと、ごくごく自然に出た。

女性とは手ひとつ握ったことがないからなどと、気後れすることはないのだ。思ったままをすればいい。

素直な行為であれば相手にストレートに伝わり、相手は不快に思うことはないのだ。ましてや相手は自分に行為を持っている。

またしても聖矢は、自分がちょぴり大人になった気がした。

後ろで重々しくドアが閉まり、美音子が二重にロックをした。

「厳重なんですね」

「オートロックなんだけれど、二重、三重にしてるの。いくら厳重にしても、ドアが外されちゃあ、どうにもならないけれど」

「えっ。そんなことがあったんですか」

「あはは。冗談冗談。でも、そうでしょ」

「そうですね」

聖矢は話を合わせた。現実に起きうるかどうかという問題ではないのだ。二人の会話なのだ。大人としての。

「ね。いいかしら」

靴も脱がないで、美音子が言った。

玄関の電気は点いている。目が、キラキラ輝いている。三十歳――とてもそうは見えない。実際は、もっと下なのではないか？

「何ですか」

ぶっきらぼうな言い方だと、言ってすぐ気がついた。こういうところがまだ、自分は大人でないのだ。

「一昨日、触らせてくれたでしょ」

美音子は、聖矢のぶっきらぼうさなど頭にもないという嬉しげな顔をしている。

「この指ですね？」

サービスいっぱいに、聖矢は右手の人差し指を差し出した。

「あ、あ～ん。これ！　わたし、聖矢君のこの指を夢にまで見たのよお」

この指止まれのように、美音子は両手の指で聖矢の人差し指を握り込んだ。聖矢の指と比べてもよほど魅力的なしっとりとした、吸いつきそうに瑞々《みずみず》しい指だった。

しかし聖矢は指以上の衝撃に撃たれた。体が接近して、立てた前腕に左の乳房が触ったのだ。

（おっぱい！）

腿や背中ではなく腕で触っているせいか、有里恵の乳房よりもふくよかで柔らかく感じられる。

「わたしね、一昨日も昨日も聖矢君の指の夢を見たの。特に昨夜の夢はスゴかったわ。聖矢君はどう？　わたしの体の夢とか見なかった？　昨日の夜」

「体の、ですか」

乳房が接したままなのでそちらに気を取られ、浮遊感のようなものを覚えながら聖矢は訊いた。きっと、写真の効果のことを言っているのだ。

「わたしの体に触る夢とか、見なかった？」

「見たかもしれませんけど、忘れちゃいました。僕、夢って、ほとんど記憶にないんです」

聖矢はさりげなく答えた。

素肌の腕が、ブラジャーと薄いTシャツに包まれた乳房に当たっている。埋もれているといってもいいような接触の仕方だ。

二人きりだ。誰に邪魔をされるわけでもない。部屋に入ってゆっくりすればと思いもするが、それすらできないほど美音子は今を待ちあぐねていたのだろうか。

美音子がそれほどなのなら、大人の男として、ぐっと抱き締めるとか、やさしく抱き寄せて口づけをするとか、乳房を揉んでいくとか、何かをすべきなのだろうか。

「聖矢君ってね、すっごいエッチなんだから」

「え。僕がですか」

「あと、どこに、聖矢君がいるっていうの?」

すねるように体をくねらせ、美音子が聖矢をにらみ上げた。胸が左右に揺れて、乳房が肘でこねられることになった。

夢でのことを言っているのだと気づいた瞬間、別のことにも気がついた。

(あ、俺、おっぱい、揉んでる)

左乳房の突端辺りから脇にかけてだ。前腕の内側に、乳首が当たっているのだろう。

だが、よくはわからない。

「ねえ、この聖矢君以外に、どこにいるのかしら」

握った以上は絶対に離さないという顔で、美音子は聖矢を見上げている。

有里恵より三、四センチ、背が高いか。それでも聖矢から見ると、顔は十数センチ下にある。

右手は美音子につかまれている。空いている左手で肩を抱き寄せて、愛情いっぱいの口づけを……。

「ああん。待ち切れないわ。ね、ね、早く」

ここで何かをするのかと思っていたら、そうでもなさそうで、美音子は聖矢を部屋に促した。

4

部屋は4LDKということだが、廊下にしても室内にしても造りがゆったりとしていて、ホテルの部屋のようにも感じられる。

こんな広いところに夫婦二人で住んでいるのだ。夫が長期で出張しているなら、夜、よけいに淋しくなって当然とも思われた。

通されたリビングにはふかふかとしたアイボリーのカーペットが敷き詰められていて、聖矢の家の優に倍の広さがあり、圧倒的な高級感に満ちている。

カーペットと同色の、これまた非常に大きいソファに座らされた。

腰を下ろした瞬間の感じは硬い印象だが、しかしこういうのが実は高級で、体にもいいのに違いない。

正面には大型テレビがある。スイッチは入れられていない。

玄関を開けた時、清潔感、清涼感あふれる芳香が流れ出てきたが、その香りはすべての部屋を満たしているようで、心地よい温度と湿度のエアコン効果をいっそう高めている。

「喉が渇いたでしょ。今、冷たいものでも持ってくるわね」

と言いはしたが美音子は部屋を出ていきはせず、聖矢の右横に腰を下ろした。一秒も無駄にしたくないというかのようだ。

右側に座ったのは、もちろん聖矢の右手を握るためだろう。事実、美音子は先ほどのように両手で聖矢の右手を包み込んだ。

湿り気があって温もったマシュマロにくるまれている感じの手。しかし、意識は手と同等以上に、肘にある。また、乳房に触れそうなのだ。

「憎いの。聖矢君のこの指」

「え。どうしてですか」

自分の指が美音子の体に触ることを言っているのはわかっているが、美音子の口から具体的に聞きたかった。

「どうしてって、自分のことじゃない」

甘ったるい声で言って、そのまま美音子が体を寄せてきた。

肘が、乳房に当たった。

右腕と体の右半分が、じっとりと熱くなった。美音子も、似たようなことになっているのだろうか。

乳房だけではなく、むちむちに肉のついた裸の腿にも意識が行く。

スカートはお尻に布地が取られているのか、上部は腿の付け根から三分の一ばかり露出し、ソファに接している腿の後ろ側はほとんど尻肉まで剝かれている。

「聖矢君のこの指がね、夢の中でねこういうことをしてきたの」

美音子は両手で握った聖矢の右手を、左の乳房につけようとした。

(わわっ!)

いきなり始まったと、聖矢はあわてふためいた。しかし、手は逆手で、うまく乳房に触らない。

「こうじゃないわね。こうかしら」

照れたような言い方をして美音子は聖矢の右手を離すと、左手をつかんで引き寄せた。

もう、どうなるのかはわかっている。聖矢は手伝うように、体を少し美音子に向けた。

すぐ目の前には、ひまわり色のTシャツに包まれた大きな乳房がある。その下にはコーヒー色のスカートと、すべすべとした白い太腿。

美音子が右側に座っているために、聖矢は先刻の車の中でのことを思い出した。

今はあの時よりもずっと膝は狭まっているが、自分が美音子のほうを向き、美音子も心持ちこちらを向いているので、内腿はかなり奥まで見えそうだ。

いや、急ぐことはない。もうすぐすべてが、自分の自由になるかもしれないのだ。

「ね、聖矢君」

これからしようとしたことを中途にした感じで、美音子が言った。

「はい」

聖矢は、美音子の内腿の奥を思ったことを悟られないような顔を取り繕った。

「男の子って、スカートの中に興味があるのよね」

「え……」

心の中を見透かされたようで、一瞬とまどう。

「ない？」

「いえ、なくは……」

「スカートの中覗きって、男の人にとっては定番じゃない？」

「はい。そういう事件とか、ありますよね」

「見たい？」

じっと心の中を見つめるように、美音子は聖矢を見た。

「見たくないといえば、嘘になります」

もうすでに腹や胸辺りから喜びの感情が噴火している感じだった。

「見せてあげようか」

「…………」

あまりの喜びに、声も出ない。口ではすぐに答えられないと知って、聖矢は必死にうなずいた。

「ちょっと待っててね」

美音子は聖矢の手を離して立ち上がると、テレビの脇のドアを開けて隣の部屋に行った。

五秒とせずに美音子は出てきた。手には鏡らしいものを持っている。目を細めてニコニコしながら、元の場所に腰を下ろした。

「はい。これ。見ていいわよ」

聖矢は四角い卓上ミラーを渡された。

手のひらサイズ、ピンク地に白のドット模様の、折りたたみ式のものだ。百円ショップで売っているのと変わらないようにも思うが、たぶんずっと高いのだろう。

「鏡で見るんですか」

「嫌？」

「いえ。嫌じゃありませんけど……」

とはいえ、これはこれで、気が遠くなるほどスリリングだ。いずれ、じかに見ることができそうだから、やって少しも損ではない。むしろ大変な経験だ。

「じゃ。はい。いいわよ」

美音子は座り直した。

両内腿は合わさっている。だが、ミニスカートの裾は浮いているので、秘部を見るのは不可能ではないようだ。

一昨日の写真が脳裏に浮かんだ。思い出しただけで、めまいがしそうだ。

「あ、あの、見ていいんですか」

「どうぞ。どうぞって自分で言うのもおかしいけれど」

魅力いっぱいの笑顔で、美音子は聖矢の腕に手を添えてきた。その顔に、聖矢は心が緩むのを覚えた。背中を押されたと言ったほうがいいだろうか。

鏡を、美音子の膝の前に掲げた。

閉じ合わされた白い生肌の腿と、コーヒー色のスカートが映った。

ドッキリとした。

目で見るのとはまるで違った印象だ。悩ましさということでは、鏡の映像のほうが勝っているかもしれない。

今のアングルでは、スカートの裾から少し奥しか見えていない。腿の真ん中辺りまでだろうか。

鏡の角度を調節すると、ずっと奥まで見え始めた。

むちむちした肉づきの白い腿が続いている。

レモン色のショーツ。

小さな小さな三角形。

この向こうにあの黒いのと桃色のがある。

ごくりと、思わず生唾を飲んでいた。

「見えたかしら」

「はい」

声がかすれている。

目は、レモン色の三角形から離れない。頭の芯が痺れているような感じだ。上はコーヒー色。左右と下は白。そこに囲まれたレモン色。

くすんだレモン色というのか。

いや、秘毛が透けて見えているのかもしれない。

もっとよく見ようと、顔を近づけた。顔の右下に本物の腿がある。鏡に映して見ているのだと、今さらながらに気がついた。

「見えた？　もういい？」

美音子の声が、少し変だった。

覗き見られて性的に感じることが、あるのか。それとも聖矢が興奮しているのを見て、美音子もつられてしまったのだろうか。

「あの。脚、開いてくれますか」

「脚って、こう？」

合わせられている膝から下が、八の字に開いた。

「違います。だから、股です」

「恥ずかしいわ。中が丸々見えちゃうもの」

「中、丸々、見せてください。いや、ほんのちょっぴりでもいいですけど」

「ん。じゃ、ほんのちょっぴりでも、写真とは違うかしらね」

膝が、緩んだ。

盛り上がるほど強く合わさっていた内腿が、やんわりと元の形に戻っていく。

レモン色の三角形が、面積を広げた。手のひらの半分ぐらいの大きさか。

「いい?」

「え。もうですか」

「ちょっぴりって言ったじゃない」

「ちょっぴりすぎます」

「あん。じゃ、これぐらい?　男の子って、そんなに本物が見たいのかしら」

膝が、離れた。

接合していた内腿も離れて、隙間を開けた。

レモン色の三角形の下の頂点が、下に伸びた。

女性の、まさに女性たる部分だ。

「これだったら、十分でしょ？」

「十分ていうか、まあ、奥のほうは、見えるのは見えましたけど」

「聖矢君て、意外と欲張りなのね」

「もっと欲張りになってもいいですか」

「困った子」

悩ましいしなを作って、美音子は聖矢の腕に手を添えた。

「これぐらいなら、十二分？」

白い内腿が隙間を広くし、レモン色の秘部が凹レンズ形になった。

ショーツがなければ、女性器が丸ごと見えている状態だ。

（実物の、おま……）

めまいがした。秘密のゾーンが動いている。

鏡が動いているのだった。

それに気づいた時、目の真下にあるスカートの裾から、何とも言えず芳醇な香気が漂い上がっているのを聖矢は知った。

（美音子さん、感じてる？）

美音子への想像が、自分の陰部へと意識を向けさせた。

一気に勃起していた。肉胴が痛いほどだ。パンツの中が窮屈で、睾丸も痛い。聖矢は腿を開いて少し楽にした。

「ねえ、聖矢君」

辛そうな言い方をして、美音子が右腿に手を乗せてきた。

勃起がおののいた。

腿を開いたのに、またしても陰嚢が窮屈になり、睾丸が悲鳴を上げた。

「違うので、見てみる？」

「どういうのですか」

「こういうの」

美音子は聖矢の耳に口をつけそうにして言うと、聖矢の腿に手を突いて、ソファから立ち上がった。

5

聖矢は、美音子の手の感触に恍惚となりながら、美音子を見上げた。

「これで見て、いいわよ」

美音子は聖矢に体を向けて、目の前に立っている。

「うふっ。電車みたいね。でも電車でやっちゃ、駄目よ」

「はい」

と答え、気持ちは電車の痴漢と同じだと、聖矢は震えそうになった。自分は座席に座っている。美音子は吊革にでもつかまって立っている。

鏡を膝のところに差し出した。

むちむちに肉づいた白い腿と、その行き止まりに、ショーツに覆われたこんもりと膨らんだ秘部。

(俺って、痴漢みたい)

鏡を腿に寄せた。

まろやかなレモン色の秘部が、大写しになった。

もしゃりとしたものが窺えた。

(毛が……見えた……)

あわ、あわ、あわと、魅了されるように鏡に顔を近づけた。

顔のすぐ下に、スカートの裾がある。裾のすぐ下に、鏡がある。鏡と秘部は二十センチと離れていないか。

モロ、見えていると言っていい。

「あの、もっと近くで見ていいですか」

「電車だったら、これが限界でしょ？」

言葉はきつい。しかしとてつもなく甘く聞こえる。美音子は、感じて感じて、どうしようもなくなっているのではないか。

「もっと限界になったら、駄目ですか」

聖矢はソファからずり下りた。左手に鏡を持っている。右手を美音子の左膝にあてがった。

膝なのに、信じられない柔らかさだ。人差し指と中指は、柔らかい肉続きの腿に触っている。

「どういうふうに？」

膝に触られたことを、美音子は何とも思っていないようだ。

「これぐらいで」

聖矢は、鏡をスカートの裾ぎりぎりまで上げた。

わずか十センチの距離で、じかに見ているような映り方だ。しかし本当は、もっと別なことを狙っていた。

「それだったら、顔をつけて見てるようなものじゃないかしらね」

「鏡じゃなく、そうやって見ていいですか。もっと近くで直《じか》に見たいんです」

「駄目」

つれない答えが返ってきた。しかし、本心ではないのかもしれない。いや、絶対本心ではないだろう。

「どうしてですか」

心情を強く訴えるふりをしつつ、聖矢は手を腿に這い上げた。

見下ろす美音子は、快楽に酔ったような顔をしている。腿に触られていることは、気にもしていないようだ。

「直接的すぎるから」

「鏡は間接だからいいんですか」

「そう」

聖矢をもてあそんでいるふうでもなく、美音子は答えた。聖矢は美音子を見上げ、腿に触れた手をじわりと上に進めた。

手ではこうやって直接体に触っているではないかと、伝えようとしたわけだった。やはり美音子は、拒否も嫌悪するようなしぐさも見せない。

触っているのが、性器ではなく腿だからだろうか。

聖矢は、さらに手を進めてみた。

手は完全にスカートの中に入っていて、指先は鼠蹊部《そけいぶ》から四分の一ぐらいのところまで達している。

「わたしのそこに触るっていうの？」

「いいですか」

「見るのは、もういいのね？」

「まだ見たいです。本当は。鏡でなく」

「聖矢君って、案外わがままなのね」

美音子は聖矢の両肩に手を乗せてきた。

怒っている感じでは、まったくない。見下ろす目が、何ともやさしい。肩の手が首筋を撫で、耳に触り、そして頭を囲った。

「ちょっとだけなら、見せてあげてもいいわ。じ・か・に」

「見せてください。ほんのちょっとだけでいいです」

わな、わな、わなと、胸が震えた。

女性のアソコを、まぢかで見られる。生まれて初めて。感激して、心臓が止まってしまうかもしれない。

「わたしはこうやって、聖矢君の頭をかかえてるからね」

「はい」

「どうぞ」

眉を吊り上げ気味にコケティッシュに、美音子は許可してくれた。聖矢は鏡をソファに置き、スカートの裾に手を掛けた。

「まくっちゃうの？」

「まくらなくちゃ、見えません」

「下がれば見えるでしょ」

非情にもそう言って、美音子は聖矢の頭を押し下げた。

見させてさえもらえれば、文句はなかった。聖矢は自分から体を下げて、スカートの中を覗き上げた。

（おおおお！）

感動したのは、視野に入ったものよりも秘香にだった。

脳みそが甘美にとろけてしまうような匂いだ。

「ねえ、聖矢君、スカートをまくってもいいわ」

「えっ。ほんとですか」

言うより早く、聖矢は両手でスカートをまくってしまった。

しかし美音子の動きも速かった。

聖矢がショーツを暴くのと同時に聖矢の頭を引きつけ、顔を秘部に押しつけたのだった。

「むむっ……！」

うにょうにょとした女の恥肉に鼻と目がこすりつけられた。

勃起した肉幹が火を噴いた。

火炎が腰をとり巻いているような気がする。

「はい。終わり」

美音子は聖矢の顔を秘部から離すと、スカートをさっと落とした。射精寸前で停止させられ、宙ぶらりんの苦しさに、背を丸めて聖矢は呻いた。

「あら。あら。大丈夫？」

「……はい」

「白いのが、出ちゃったりしてない？」

「はい。大丈夫です」

聖矢は体を立てた。

「パンツを汚しちゃうところだったわね」

「でも、どうして、もう駄目なんですか」

せめてあと十秒でもと、聖矢は恨みがましく美音子を見上げた。

「毒だもの」

どういう意味なのか美音子はそう言ってまたソファに腰を下ろし、聖矢を今度は右側に誘った。

6

聖矢は再びソファに座った。今までとは位置が逆なことで、新たなこと、本格的なことが始まるのだと確信した。

そうして、「毒」というのは、愛撫などをしないで見るだけのような行為を言っているのではないかと解釈した。

「手、いいかしら」

美音子が、自分から遠いほうの右手を差し出すようにと、仕草で示した。聖矢は指示に従った。

「うふっ。素敵な手ね。あたしを虜にする手」

「え。そうなんですか」

「聖矢君の手でね、あたし、燃えるの」

「そうですか」

とは言ったものの、美音子の考えていることがわからない。

ただ、聖矢は、「わたし」から「あたし」へと美音子の言い方が変わっているのを知った。〝燃え〟て、心がそのまま出ているのだろう。

「昨夜もね、聖矢君たらあたしのこと、ぐにゃぐにゃにしてくれちゃったんだから」

「え。そうだったんですか」

「この指でこうやって」

美音子は人差し指をつまむと、右乳房の頂点部に乗せた。

「あ……」

くくっと、美音子が丸い顎をせり上げた。

聖矢は息もできない。

指先は、間違いなく突起に乗せられている。

(乳首だ……)

頭がぼーっと、かすんだようになった。

「こうやって、なぞってくれたの」

美音子は聖矢の指を時計回りに動かした。

(俺、美音子さんの乳首をこすってる)

いや、こすらされているのだ。しかしここは「男」として、自発的にやっていくべきなのだろう。

聖矢は突出している部分をさすった。

「あはん」

甘い声を上げて美音子は顔をのけぞらせた。聖矢の指を握り締めている。身を襲う快感のせいだろう。聖矢は速い動きでなぞり回した。

「だっ、駄目」

美音子が突然両手で聖矢の手をつかんで離した。

「え。駄目ですか」

感じすぎるからなのだろうと、聖矢は思った。もっと感じさせてやれば、美音子の言う、「ぐにゃぐにゃ」になるのかもしれない。

美人熟女をよがり倒してやるという意気込みで、聖矢は愛撫しようとした。しかし美音子は指を握り込んでいて、行為を許してくれない。

「力、入れないで」

「え？　は、はい」

力を入れるというほど力を入れたわけではないが、乳首への愛撫としては強すぎるのだろうと、聖矢は受け取った。

それで聖矢はそろりと触ってみようとしたが、美音子は触らせてくれない。といって、やめさせようとするふうでもない。

「ねえ、聖矢君」

ねっとりとした声で、美音子が言った。

「はい？」

「あたしのスカートの中、ちゃんと覚えてるわよね」

「はい。覚えてます」

「ここのことよ？」

美音子はつかんでいる聖矢の手をスカートにくぐらせた。

いや、ほんのわずかな接触なのかもしれない。しかし指は、五ミリも肉に沈んでいる感じだ。

勃起した肉幹が、ぴくぴくと脈動した。

(ううう……)

肉の悦びに、聖矢は恐ろしいほどの浮遊感に見舞われた。

「触ってみたい？」

「……はい」

自分が、どこか知らない土地をさまよっているような感じだ。指はまだ、肉に潜らされている。

染みらしいものがあったところよりは、ずっと上だ。クリトリスというものがある辺りだろうか。

「じゃあ、ちょっと待っててね。待っていられるかしら」

「待ってます」

答える声も空を漂っているようで、自分のとは思えない。

「そ・れ・じゃ」

美音子は聖矢の手をスカートから抜き出すと、聖矢の左腿に押しつけた。美音子の手が、勃起したものに触った。

肉幹が躍り上がった。

「ううっ……」

随喜《ずいき》感に聖矢が呻いた時には、美音子はソファから立ち上がり、鏡を持ってきた部屋に入っていった。

はあ、はあと、聖矢は喘いでいた。

美音子の手が触ったのは、肉幹の左側だ。モノに触れたというよりは、ジーンズが押し込まれ、間接的に肉幹が刺激されたと言ったほうが近いかもしれない。

それでも、射精してしまうかというほどの快感に撃たれた。次に、今のようなことがあれば、間違いなくほとばしらせてしまうだろう。

(美音子さん、また何か持ってくるのかな)

鏡の次といえば、何だろう。

美音子はさっき、聖矢がパンツの中で射精して汚してしまうのを心配するようなことを言った。

パンツを汚さないようにと考えているのか。だとすれば、スキン？　それを着けて愛撫？　いや、着けるならセックスそのものではないか。美音子は、自分がひどく勃たせているのは知っているのだ。いよいよ童貞とお別れの時か。

鏡に映したショーツ。顔を押しつけられた恥肉の感触。指が没入した恥肉の厚さ。ショーツの染み。

それらのことを考えるだけで、精液は発射しそうだ。

しかしセックスの前に爆発してしまうのは、目に見えていそうだ。二度も三度もスキンを着け直して、挿入させてくれるだろうか。

美音子が入っていった部屋のドアは、半開きになっている。一回、物音が聞こえてきたが、それっきり聞こえてこない。

準備をしているのか。何か持ってこようとしているのか。考えられるものというと……やはりスキンしかないが。

着けたことはおろか、見たこともない。そういうものとは縁のない十六年を過ごしてきた。しかし今から自分は変わるのだ。

美音子がドアから顔を突き出した。

「こっちに来て」

「はい」

聖矢はソファから立ち上がり、美音子のほうに向かった。

勃起がきつすぎて、歩きづらい。だがもう少しの辛抱。ジーンズとパンツを脱ぐことになる。

「………」

呼ばれた部屋に行って、聖矢は息を呑んだ。

美音子はキャミソールに着替えていた。

薄いピンクで、肌が透けている。下はレモン色のブラジャーとショーツだけだった。

ベッドルームだった。すごく広い。真珠色のカバーの掛かったベッドが、いかにもずっしりとした感じで据えられている。

何とも言えない美音子の妖しい魅力に、聖矢は茫然として佇んだ。

「はい。これをして」

手にしていた赤いものを、美音子は聖矢の顔に差し出した。

アイマスクだった。

聖矢がそれを知った時には、目はふさがれていた。ゴムが頭を越えて、後頭部にかけられた。

「取っちゃ、駄目よ」

「どうしてですか」

闇の中で聖矢は問うた。

「目に毒だから」

また、美音子は「毒」という言葉を口にした。

しかし聖矢を邪険に扱うような素振りは微塵《みじん》もなく、あたかも意中の王子をいざなうかのようにしずしずと、ベッドへと導いた。

7

「目に毒」というのは、初体験の聖矢には美音子の裸体は刺激が強すぎると言っているのか。セックスをしようとする前に聖矢が射精してしまうから、こうして目をふさぐというのか。

そんなことを考えながら聖矢はベッドに上がった。感触はシーツだ。美音子は手早くカバーをめくったようだった。

ジーンズをはいたまま、Tシャツも着たままで、聖矢は座らされた。今までのソファと同じく、美音子は聖矢の左側に座った。

「夢でしてくれるみたいに、してちょうだいね」

耳に口を寄せて、美音子が言った。息が熱い。体中燃えているのだ。

「僕は、えーと、こうやってしていったんですか」

聖矢は言われるままに右の乳房をまさぐっていった。

しかしすぐに手は美音子につかまれ、動きを制された。美音子は人差し指一本だけを握り、下のほうに這わせていく。

キャミソールの裾をくぐらされた。美音子は膝をやや離した横座りをしている。膝は折って、向こう側、左に流されているようだ。

「聖矢君の指はね、あたしのここをね、こうやってしたの」

右の内腿から奥へと進められた。感じでは、内腿の最も肉が豊かなところに触らせられている。

「ん、あ……」

切なげな声を出して、美音子が内腿を合わせた。手は、湿度と温度の高い生肌に密封された。

「ね、触って。アソコ」

「はい」

望むところと、聖矢はさっそく応じようとしたが、内側にきつく囲い込まれている手は動かない。

無理にも手を秘所に近づけようとした。

「あ、あん。駄目」

「え？」

「聖矢君は手だけ。手だけ、貸してちょうだい」

「僕が自分で触っていくのは駄目なんですか」

「そう。そばにいてくれるだけでいいって、昨日、言ったでしょ」

「………」

ひどい、と聖矢は思ったが、確かに美音子はそう言った。

淋しい人妻に体を提供してくれないかとも言ったが、あれはセックスするという意味ではなかったのか。

男ではなく〝もの〟として、ただ指を提供するだけなのか。〝もの〟に徹するために、こうしてアイマスクをさせられているのか。

(そんな生殺しみたいな……)

興奮がやや遠のき、裏切られたような悲しい気持ちになっていると、左側の熱気が去っていった。美音子は仰向けに寝たらしい。

膝も伸ばされた。内腿を密封する力は、緩んでいる。しかし好きに動かすことはできない。美音子が指をしっかり握っている。

「あの、美音子さん」

「なあに?」

答える口調は、甘くやさしい。

「僕、ずっとマスクをしてなくちゃならないんですか」

「そ」

「さっき、ショーツとか、見せてくれたじゃないですか」

「あれでおしまい」

「何でですか」

「毒だから」

「美音子さんの体がですか。そんなことはないでしょう？」

「聖矢君にとって毒になるっていう意味」

「…………」

「あたしにとっても、よくない結果になるかもしれないわ。あたしには夫がいるんだもの」

普通の男女の関係を結ぶと、抜き差しならないことになる危険があるというのだろうか。

「聖矢君はこういうこと、初めてなんでしょう？　いきなりあれこれするのはいけないと思うの」

「ちょっとずつだったらいいんですか」

闇の中で聖矢は訊ねた。

「たぶんね。やってみなくちゃわからないけれど」

「わかりました。今日はこのままでいいです」

美音子が次の期待を匂わせてくれたので、聖矢は承服した。

「次も、こうかもしれないわ」

「はい。いいです」

まだ七月だ。美音子の夫がオーストラリアから帰ってくるのは秋だという。それまでに、完全な男と女を体験させてくれるだろう。

「イケメンなだけでなく、すごく素直な子ね。大好き」

美音子は腿の力を抜き、〝もの〟である聖矢の人差し指を右鼠蹊部に向けて這わせていった。

指が接触しているのは右内腿だが、股が開いているというほどではないので、中指や薬指は左内腿に触っている。

(少しはやってもいいかな)

聖矢は中指と薬指に力を入れた。

「あ、あん。駄目よお」

すかさず美音子がたしなめた。

「すみません。興奮して、つい」

聖矢は嘘の言い訳をした。美音子は咎《とが》めない。

「興奮、する?」

「はい。すごく」

「見えていないのに?」

「はい。見えていないから、なおさらみたいです」

答えてから、しまった、と聖矢は思った。それだとずっとこのままだ。こんなのばかり繰り返されたのでは、たまったものではない。

「そう。あ……あ……」

だが美音子は早くも快楽の世界にのめり込んでしまったのか、やるせなげな喘ぎを漏らしている。

聖矢の人差し指は、右鼠蹊部に食い込まされた。柔らかい肉がたっぷり付いていて、骨の存在がわからないような鼠蹊部だ。

甘酸っぱい匂いが噴き上がっている。十分に〝濡れる〟という状態になっているのだろう。

「聖矢君ったらね、ここからすぐ中に指を入れるんだから」

「そう、ですか」

生の女性器に触らせられるんだと、聖矢は口から心臓が飛び出しそうに昂《たかぶ》った。

「こうやって」

ショーツの脇から、指が差し込まされた。

指はじょりりと、秘毛をこすった。

柔らかいまんじゅうのような性器の肉にも触った。

聖矢の肛門がひきつり、肉幹が弾んだ。

射精するかともいえる瞬間だったが、そうならなかったのは、緊張が勝っているからだろうか。

「聖矢君の指、こんなこともするの」

奥に、誘い込まれた。

ぬちょりと、指は溝に没した。

「あっ、ああっ……」

美音子は鼻にかかった声を上げ、両内腿を打ち震わせた。

(よがってる。美音子さん、俺の指を使ってよがってる)

アイマスクを取って、見てみようか。

最初は刺激が強すぎるだろうからと気づかってマスクをさせただけで、もう、はずしてもいいのではないか。

しかし、終わりにされたらどうしようと、聖矢は思い直した。今日、この一回きりというのではないのだ。今はまだ、入口の入口なのだ。慎重に。

聖矢はそう自分に言い聞かせ、美音子が気を損ねることのないようにと、指の力をすっかり抜いて美音子のするに任せた。

「あ、んっ、き……気持ちいい……」

くい、くい、くいと、美音子が恥骨をせり上げた。

聖矢の指は動かしていない。自分で腰を動かすことで、指が性器を気持ちよくするようにしているのだ。

美音子は、夢の中で聖矢の指がこういうことをするのだと言った。しかし現実には、聖矢の指の代わりに自分の指を使ってやっているのではないか。

(美音子さんのオナニー、見てみたい)

闇の世界で聖矢はむなしく渇望した。

暗闇に、有里恵の姿が現れた。

有里恵も、今の美音子と似たような格好をしている。自分のベッドで、秘密のところをいじくっている。

(有里恵さんも自分でやってるのかな)

猛烈に興奮した。

(いや、有里恵さんはこんなことはしない)

否定しようと思った。有里恵を貶《おとし》めたくなかった。

しかし、脳裏に浮かんだ美人未亡人の淫らな姿態は掻き消えることはなく、むしろ大胆になっていく。

(誰も見ていないところでなら、あの有里恵さんだって、思い切りいやらしいことをしてるかもしれないんだ)

頭の中で聖矢は有里恵を全裸にして大股を広げさせ、両手でバイブを握らせて見たことはない恥芯に突っ込ませ、ずぶずぶと抜き挿しさせていた。

「あっ、あんあん。あっ、聖矢君っ、いいっいいっいいっ」

このベッドの上では、美音子が聖矢の指を動かさせていた。性器の割れ目の、上から下までを往復させている。

「あああ、聖矢君、もっと、もっとやって」

つらそうな声で幻の有里恵がねだる。

しかし、現実の聖矢に哀訴しているわけではないだろう。聖矢を道具にして、自分の快楽に浸っているのだ。

美音子は『ミレーユ』で聖矢を見て、この子ならあたしの思いどおりになると踏んだのに違いない。

夫が長期の出張で、体が男を求めている。しかし、見知らぬ男と関係するのは、怖い。そんな時に聖矢が目の前に現れたのだ。

まだ性体験のない聖矢は予想にたがわず、自分に従ってくれた。初めからセックスを求めるなと言ってみたら、ちゃんと聞き入れてくれた。

これなら夫にばれず、家庭を壊すことなく、これからも楽しみ、肉欲を満たすことができる。

それが、美音子の頭にあることなのだろう。

自分もそれには不満はない。その中でいろんなことを教えてくれるだろうし。互いに結婚の対象ではない。何の心配もすることなく、性の悦びを貪《むさぼ》ればいい。

「あああ、聖矢君、中に……中に入れて」

恥芯をくじられていた指は一旦離され、再び粘膜に差し込まされた。

腿が交互に上げられた。ショーツを脱ぎ去ったのだろう。美音子は股を広めに開け、聖矢の指を下のほうに導いた。

「中に、入れて、ちょうだい」

訴えかけながら美音子は聖矢の中指を握り取って、肉の穴に挿し込んだ。

「ああっ、あ〜っ」

ぐぐぐぐと、美音子は恥骨をせり上げた。

(あっ、この中)

熱い、と聖矢は感じた。

深い、とも感じた。

締まる、と実感できた。本当に蜜壺は指に密着し、締め上げてくる。

「手っ、手っ」

美音子が体をまさぐってきた。左手をと言っているのだ。

聖矢は左手を差し出した。美音子は焦った感じで薬指を握り取った。たぶん、どの指でも構わないのだろう。

指は割れ目のずっと上のほうに押しつけられた。他の指が秘毛に触っている。薬指が動かされた。指先が、突起をこすっている。

（クリトリスだ）

硬さしかわからない。

しかし、こういう硬いものが性器の一部にあるということが、生半可な知識を駆逐して、驚異だった。

「美音子さん、ここがクリトリスなんですか」

「あっ、あんあん」

快楽に呻きながら、美音子は右手で聖矢の中指を抜き挿しさせ、左手で肉突起をこねている。

「気持ちいいですか。美音子さん、感じますか」

聖矢は右手の指は美音子に任せ、左手の指では肉の突起をこすってみた。

「駄目駄目駄目。あっ、あああ、聖矢君、動かしちゃ駄目」

自分のペースにこだわっているのか、ここに及んでなお、美音子は聖矢の自由を認めない。

（今日はいいんだ。いや、今はいいんだ）

聖矢は左手も美音子に委ねることにした。

「あああ、いい。いいっいいっ、あんあんあんあんあん」

聖矢からは見えない世界で、美音子は妙なオナニーによがっている。

「ああ〜っ、クリも中も、堪らないよお」

硬くしこり勃《た》って指の腹に食い込んでくるその突起が、ピクピクと脈動したように感じた。

「中も、中も、う！　うっううう！」

中指を抜き挿しさせられている蜜壺も、痙攣を起こしたかのようだ。

「あ〜ん、やだあ。あたしイッちゃう〜っ」

うっうっう！　うっうっう！　と息んで、美音子は絶頂に達したようだった。

(美音子さん、イッた。イッてる)

両手を動かせられているところに、聖矢は顔を落とした。

柔らかいお腹も腿も、痙攣を起こしているようだ。

淫香が鼻に殺到してきた。

有里恵の媚香に通じる匂いだった。

(有里恵さんもオナニーしてる？)

聖矢の指の代わりに人参を抜き挿しさせている有里恵が、腰を烈しく振り立てて絶頂しているかと思った時、聖矢はパンツの中に精をほとばしらせていた。長く、おびただしく——。

第四章　細い指の感触

1

翌日、聖矢がいつもより二電車早く店に出たのは、有里恵のことが気になっていたからだった。

女というのは感性の生き物で、男には想像できないくらい勘が鋭い。ちょっとした目つき、顔つき、仕草で、人間の内面を鋭く見抜く。特に聖矢の場合、人生で初めての体験をしたのだから、よほど気をつけていなければ、先週と今との違いが出てしまう。重々注意しなければだめよ。

そうまで言った美音子が、聖矢との秘密を有里恵に漏らすなどありえなかったが、美音子が店の常連客というだけでなく、時にはメールし合うこともあるという仲だというから、昨夜にでも、二人はやり取りをしたかもしれない。

それこそ、有里恵が女の勘で美音子の中に「秘密」を嗅ぎ分けたかもしれず、そのことが気になったのだった。

乗ってきた電車は、バイトの面接の時に乗ったのと同じだった。店に着いたのは九時三十六分。

ドアには『準備中』のプレートが下がっているが、それがあるということは、すでに有里恵は来ているということだ。

聖矢は店内に入った。

有里恵の姿はない。

コーヒーの香りが漂っている。淹れたての香りだ。豊潤で、いくぶん酸っぱみが強く感じられる。

何だろうか。匂いには敏感なはずなのだが、コーヒー銘柄の区別はまだつかない。

有里恵は調理場にいるはずだった。聖矢はカウンターを回って入った。聖矢がいつも昼食を摂るテーブルに、有里恵は座っていた。

襟の高い水色のノースリーブのシャツを着て、こちらに背を向けている。

シャツに合わせ、今日は水色のゴムで髪を結えている。髪はしなやかに背にかかっている。

朝の挨拶をしようとして、ふと、聖矢は思いとどまった。

何かしら、声をかけづらいものを感じたのだった。いかにも女性らしいやさしげな背中に、他者を拒むようなものが漂っている。

いや、それは違う。自分の世界にこもっていると言ったほうがいいのかもしれない。

(有里恵さん、どうしたんだ?)

そう思って聖矢はハッとした。

昨夜、有里恵は美音子と電話で話でもしたのではないか。

美音子は口を割るわけもないが、聖矢を自分のいいように扱ったことを、有里恵に感づかせたのではないか。

(間違ってもそんなことはないよな)

胸の内で聖矢は首を横に振った。自分にあれだけ注意を促した美音子が、そのようなへまをするはずがない。

(いや、普通以上に有里恵さんは勘が鋭いのかも)

一人で生きていかなければならない未亡人。不特定多数の客を相手にする仕事。その中で並の人間以上の勘の強さを身につけたと、考えられなくもない。

声をかけようか、聖矢は迷った。店の方に戻るのは変だろうか。一旦戻って、挨拶しながらまた入ってこようか。

有里恵はじっとしている。居眠りしているふうではない。やはり、物思いに耽っているのだ。

動かぬ水色の背中に、聖矢は先日、カウンターの中で有里恵の乳房が背中をこすったことを思い出した。

ああいう時でも、女であれば、やはり感じるのではないのか。それほどの感度を持ったものであるからこそ、〝女の命〟とまで言われるのでは。

昨日、美音子が最後まで聖矢に乳房を見せてくれなかったのも、そういうことと関係があるのだろうか。

女が温泉や共同浴場に入る時、下は隠さなくても乳房は隠すと聞いたことがある。それほど女にとって、乳房は特別なものなのだ。

しかし美音子は、自分をどう思っているのだろう。あれだけ積極的な性格だが、最後のところは慎重すぎるくらい慎重だ。このギャップはとうてい理解できない。

それとも、聖矢がのめりこみすぎて自分の家庭を壊したりしないかどうか、試しているのか。あるいは、聖矢がどれだけ自分の言うことを聞くペットのような男になるか、見ているのか。

美音子の絶頂とパンツの中での聖矢の射精で、昨日の行為は終わった。要するに、様子見、ということだったのだろうか。男と女のことは本当によくわからない。

愛撫のひとつもしないで射精するというのが驚きだったし、めくるめく歓喜だったのは事実だが、しかしその瞬間、自分は有里恵を思っていたのだ。

そして有里恵は昨夜の夢にも出てきて、なぜかキュウリを使ってオナニーをし、アクメに達し、恍惚の夢精をさせてくれた……。

水色の背中に乗っている髪が揺れた。

有里恵が振り向いたのだった。

「え？　あら」

「あ、おはようございます」

「いつ来たの。全然気がつかなかったわ」

「そろーっと入ってきたわけじゃないいんですけど」

「わたしがぼーっとしてたのね。まあ、いつもそうだけれど」

「有里恵さんはぼーっとなんてしてませんよ。それは僕のことです」

聖矢は流れるようにしゃべっていた。そして有里恵もそうなのを、感じていた。互いに、うちとけている証拠だと思った。

「でも、今日はいつもより早いんじゃない？　そうよね」

洗い物をするからと腕時計をしていない有里恵が、壁の時計を見た。

九時三十七分を指している。合っていれば、聖矢が着いてからまだ一分しかたっていない。

「早く来ました。面接に来た時と同じ電車です」

「ああ、そうなの」

面接からまだ一週間にもならないのに、有里恵は昔を懐かしむような顔をした。

その表情に、有里恵は亡き夫を偲《しの》んでいたのではないかと聖矢は思った。

背中が淋しげだった。いつも一人きりの家で、有里恵はそういう背中をしているのではないか。

「何で今日は早く？　ジュースでも飲む？」

有里恵が椅子から立ち上がった。テーブルには、有里恵の品のよい赤いマグカップがある。

「いえ、出てくる時に飲んできましたから。早く来たのは、なんか、仕事がしたくて。昨日休みだったでしょ。だから」

「まあ。嬉しいことを言ってくれるのね」

聖矢の前で小首を傾げ、有里恵はほれぼれするような笑顔を見せた。

「働く楽しさっていうものがわかってきたんですよ」

「頼もしいわ。よろしくね」

有里恵は目をきらめかせ、十数センチも背の高い聖矢の両肩に手を乗せた。

(大丈夫だ)

美音子と自分の秘密が有里恵の耳に入っていないのを、有里恵の目と仕草で聖矢は確信した。

「お荷物でーす」

男の声がした。

2

宅配便は三個で、コーヒー豆とミルク、砂糖だった。それらをスタッフルームまで運んでいく。

「いつもこれを有里恵さんが一人で運んでいたんですか」

十キロはあるずっしりと重いコーヒー豆の箱を持ち上げて、聖矢は言った。

「あと、誰が運んでくれるの?」

ミルクの箱を持ち上げながら、有里恵が答えた。

「あ、いいです。僕が持っていきますから」

「いいわよ。わたし、力持ちだから」

スタッフルームに向かう聖矢に、有里恵がついてきた。

聖矢は片脚で立って荷物を膝に乗せ、ドアを開けた。体がぐらついたが、何とか持ちこたえた。

「まあ。さすがに男の子ね。頼りになります」

後ろで有里恵が感心している。男でよかったと意気軒高の思いで、聖矢は中に入っていった。ドアが閉まる前に、有里恵が入ってきた。

聖矢は有里恵の指示を仰いで荷物を置き、自分が持ってきたものを床に置こうとした有里恵から、荷物を受け取った。

「あ、どうもです」

「いえ。あ、すみません」

「あら」

聖矢が有里恵の両手ごと荷物を受け取ったので、手を抜こうとした有里恵が、抜くことができないのだった。

「すみません、すみません」

荷物のバランスを崩さないように注意して、聖矢は手をずらした。それに合わせるかのように有里恵が手を引く。

「これもここに置きますか」

と訊くと、有里恵の顔が、ぽっと染まっている。そこには重いものを運んできたからとは思えないあでやかさがあった。

「じゃあ、とりあえず」

置いてあるものの配置を変えると狭い室内に顔を巡らせている有里恵の目が、うっすらと潤んでいる。

(手に触ったからかな)

聖矢も、胸の奥が熱くなっていた。

腿に触ってきたふくよかな乳房の感触。こっそり覗き見た生の内腿。初日の、ここでのことが思い出された。

「砂糖の荷物を運んできますから」

「あ、お願い」

答える口も、ぽってりとした緩み加減を見せている。

ここで乳房が聖矢の体に触っていても、気づいていないような顔をしていた有里恵だったが、やはりあれは偽りの顔だったのだ。

そう思いながら、聖矢は部屋を出た。

手が触れ合ったことで今のように悩ましげな顔になるのであれば、性感帯の箇所が接触して平気なわけがない。

だとすれば、カウンターの中で聖矢の後ろを通った時、きっと有里恵は意識して聖矢の背中に乳房をこすりつけたのだ。そう勝手に断定してみる。

そして、もちろん感じた。

それですべてが終わるのだろうか。

絶対終わらない。

(有里恵さん、キュウリを使って……)

聖矢はそれがおかしな図であるとも思わず、有里恵一人きりの悦楽世界を妄想した。たちどころに肉茎が充血した。昨日の美音子とのことがなければ、こうは見事に反応しなかったに違いなかった。

エプロンはまだ着けていない。有里恵に気づかれるだろうかと、聖矢は案じた。

だが、今の状態を越えなければ、外からはわからない。聖矢は八キロの砂糖をかかえてスタッフルームに戻った。

有里恵はこちらに背を向けて首を落としている。両手は顔につけられているか、顔の前にある。

（えっ。有里恵さん、泣いてる？）

荷物をかかえたまま、聖矢は佇《たたず》んだ。

目を凝らすと、有里恵は指で涙を拭いているようだ。本当に泣いているのだ。

「あの、有里恵さん……」

「え？　あ、ありがと。んーと、とりあえず、ここに置いてちょうだい」

振り向いた有里恵は自分の足元を示した。泣いていない。だが、両手の指を合わせるようにして、まだ顔のところに掲げている。

「どうしたんですか」

「指を挟んじゃったの」

「え!?　どこで」

聖矢は有里恵の足元に荷物を置いた。

「棚とコーヒーの箱で」

さっき運んできた荷物が、スチールの棚に接して置かれている。その時に挟んだわけだ。

左手の中指だった。人差し指側の第一関節と第二関節の間に擦り傷ができている。皮膚がこすれ、血が滲む寸前という状態だ。

「これぐらいだったら、唾をつけるのが一番です。夕方には治ってますよ」

「…………」

有里恵はじっと、聖矢を見つめている。

「え。嘘じゃないですよ」

「…………」

有里恵はなおもじっと、聖矢を見つめている。

瞳には先ほどの潤みはなくなっているが、聖矢から見ても、深い悲しみ、有里恵流に言えば遠い懐かしさとでもいうものが窺える。

何か強烈に訴えるものがあると、聖矢は感じた。それに呼応して、胸の奥が、じりじりした。半勃起した下半身は、いつの間にか収まっていた。

「え。何ですか」

「唾、つけてくれる？」

有里恵が、怪我をした指を差し出した。

「僕がですか」

頭が、グラグラした。

「他に、つけてくれる人いないでしょ」

「…………」

自分でつければとは、頼まれても、死んでも、言えなかった。体中が狂おしく、炎が駆け回っているみたいだ。

承諾の意思表示をしようとして、ある思いつきが閃《ひらめ》いた。

昨日あああいう体験をしていなければ、まず頭にのぼらなかっただろうし、有里恵が甘えたように頼んでこなければ、やはり思いつかなかっただろう。

「一度中継するより、直接つけたほうが効くらしいです」

「それ、してちょうだい」

「直接っていうのは、舌で舐めるっていうことですよ」

胸骨か肋骨の上部がきしむような現象を覚えた。

「そうしたほうが、早く治るんでしょう？」

「はい。たぶん」

自分の大胆な申し出とその行為を思って立ちくらみのようなものを覚える一方で、聖矢は男としての自覚を意識した。

「ここよ？　やりづらくないかしら」

有里恵は他の指を丸め、怪我をした左手の中指をぴんと伸ばして差し出した。いっそう甘えたしなだ。声は震えを帯びていた。

「やりづらくは、ありません」

聖矢は有里恵の左手を左手で下から支え、伸ばされた中指の先を右手の指でつまんだ。

「あ……」

つらそうな吐息を、有里恵が漏らした。

「痛いですか」

胸が疼く。下腹部に、沸騰するような感じがある。これとは別の形のものを、有里恵は感じているだろうか。

「痛くはないけれど」

「…………」

何かと問う目で、聖矢は有里恵を見た。

「…………」

有里恵は答えない。瞳には再び、泉のような潤みが揺らいでいる。

「舐めちゃって、いいですか」

「聖矢君、ごめんなさい」

突然謝辞を口にすると、有里恵は聖矢の制服のワイシャツの胸に顔と右手を押し当ててきた。

「………」

あまりのことに聖矢は有里恵の左手を両手で支えて、棒立ちになっていた。しかし、頭には、ある考えが閃いていた。

(有里恵さん、自分でやった)

指の怪我は自作自演だと、聖矢は思った。

まさか聖矢が指を舐めるとは予想もしなかっただろうが、とにかく有里恵は、聖矢との接触を求めたのだ。

その有里恵がそっと、胸から離れた。

「勝手なことをして、ごめんなさいね。でも、わたし、我慢ができなくて」

「有里恵さんにならら、僕は何をされたって、どんなことになったって、平気です。少しでも有里恵さんの力になろうと、ここに来てるんですから」

「まっ、まっ！　聖矢君たら！」

有里恵は右手で聖矢の手を握ってきた。

「聖矢君のワイシャツ姿を見るとね、亡くなった主人を思い出すの。体形が似てるのよね。主人は百七十八センチあったの」

「僕より三センチ高いです」

「ちょっと引っ込み思案なところもあったけれど、芯が通っていて、男らしいの」

「前の部分だけが、僕と似てますね」

「後のほうは？」

「僕は芯はないし、男らしくもないです」

「ううん」

有里恵は指を怪我した左手でも聖矢の手を握り、食い入るほど強い眼差しで聖矢を見上げた。

「違いますか」

「違うわ。聖矢君のこと、そんなふうには思ってないから、わたし、甘えたくなっちゃったんだもの」

「じゃあ、僕、舐めます」

狂言だろうが何だろうがかまわなかった。そういったことが問題ではないのだ。二人の間に心が通じ合っているかどうか、要はそこなのだ。

聖矢は串団子を舐める時のようなやり方で、有里恵の中指に舌を這わせた。指は金属の味がした。スチール棚の味だろう。

「あ……」

有里恵が、声と吐息の中間の息づかいを漏らした。聖矢は指から顔を離して有里恵を見た。有里恵は涙目になっている。

「痛かったですか」

「…………」

言葉で答えるにはつらすぎるという表情で、有里恵はかぶりを振った。

「大丈夫でした？」

「幸せ……」

小さな小さな震え声で、有里恵が言った。

「人にこんなに親切にしてもらったことって、ずっとなかったから」

「だったらもっと親切にして……いいですか」

胸が噴火でも起こしそうになりながら聖矢は言った。自分たち二人は愛の巣の中にいるのだと、震えそうになった。

3

有里恵は答えない。聖矢をじっと見つめている。

きっと聖矢と同じように胸が噴火しそうになっていて、口が動かないのだと思うことにした。そして答えを待たずに聖矢は実行した。

中指の指をつまんでいた指を外し、爪から先の部分を唇に含み込んだ。

蜜のような味がした。

「あん」

と甘く、有里恵は声を出した。指はそのまま委ねている。目は、くわえられているところを見ている。

拒むような反応は、まったくない。聖矢は、胸が大爆発を起こすのを感じながら、指を深々とくわえ込んだ。

有里恵が胸に右手をあてがってきた。先ほどとそっくりに顔もつけてきた。だがその顔はすぐに離れ、聖矢を見た。

「聖矢君……苦しいの」

苦しいと訴えられては、くわえ続けることはできなかった。だが、手を放しはしなかった。

「どこがですか」

「心臓が。止まりそう……」

その答えに、聖矢は水色のシャツの胸に目を落とした。襟の高いシャツは、上から二つ、白いボタンが外されている。乳房の裾野が厚みを増していくのが見えている。

(有里恵さん、おっぱいを見せてくれないかな)

そうか、もう五年間も有里恵は他人に肌を晒していないのかと、聖矢は気づいた。有里恵は今、長い間、人の親切に接していなかったと言った。それが、未亡人となってからの人生だったのだろう。

常連客や親しい人間はいても女性ばかりで、胸に飛び込んでいける男、身を任せられる男は今も、いないのだ。

淋しい有里恵に手を差し伸べられるのは、自分をおいていない。有里恵も、自分のことは悪くは思っていないと明言している。

「本当に心臓が止まったりしたら、死んでしまうでしょう」

聖矢は有里恵の手を放し、両の二の腕にそっと手を添えて言った。

言ってから、亡き夫を思い出させるようなまずいことを口にしてしまったと、ひどく悔やんだ。

「止まりはしないけれど、ものすごくドキドキしてるの」

夫のことなど頭にもないふうに、有里恵はじっと聖矢を見上げている。そのことで聖矢は安堵するよりも昂った。

有里恵は〝胸〟を強調しているのだ。つまりは〝乳房〟だ。常連の女性客たちには強調しないものだ。

「聞こえてきそうです」

「ほんと？」

と問う目が、少女のように可憐であどけない。

聖矢は両の二の腕に手をあてがっている。親指は数センチと動かすだけで、女の膨らみに触る。昂りが、燃え盛る炎と化した。

「聞こえないかも」

あどけない目を見つめ、聖矢は思わせぶりに言ってみた。

「聞いてみて」

少女のような目が、大人の目になった。

「いいんですか」

「……ん」

絞り出すように、有里恵は答えた。

一秒、二秒、有里恵の目を見つめ、聖矢は顔を下げた。自分のほうが、心臓が破裂しそうになっている。

耳が胸元に当たるように、顔を下げた。顎が、右の乳房に触った。口が、左乳房の内側に当たった。

音は聞こえない。耳をもっと下にずらさなければ駄目だ。しかし、これ以上やってもいいのか。

有里恵は身じろぎもせず、立っている。後頭部で、そよ風が渡っているようにかんじられるのは彼女の吐息か。

「聞こえません」

顔をもっと下にずらしていいかという意味で、聖矢は言った。口が、シャツをこすった。声の響きが強く伝わりもしただろう。

「は、あ……」

乳房が、それは大きく盛り上がった。息を詰めていたのが限界になり、一気に吸ったのだろう。

顎と口と鼻と頬が、何とも包容力のある柔らかい肉の塊《かたまり》に埋もれた。

トクトクトクトクと、速い拍動が耳に飛び込んできた。

(有里恵さん、すっごい。俺以上にドキドキしてるんだ)

鼓動が聞こえたことは、言わない。それで終わりになってしまうかもしれないから。

聖矢はそのままじっとしていた。

有里恵もじっとしている。身じろぎもしない。心臓の音のことなど、もう頭にはない。聖矢の顔が乳房に触っていることだけが、意識を占めているようだ。

(ああ、こんなのって、何年ぶりかしら)

有里恵は、そんなふうに、男に腕を抱かれ、胸に顔を埋められる女の悦びを、ひしひしと味わっている様子でもある。

それならば、接触をもっと強めてもよさそうだった。大きく息を吸って盛り上がった乳房は、いくぶんかは下がっている。口と顎が、胸の谷間に触っている程度だ。

聖矢は顎を下げようとしたが、露骨な行為にも思えた。他に何かやりようがないかと考えた。

二の腕を抱いている手を使ってみることにした。手を狭めて、外側から乳房に触る。

有里恵はものすごく興奮しているのだし、はずみで触ったとしか思わないだろう。

聖矢は右手をわずかに狭めた。一センチか二センチというところだ。手は、まだ乳房に触らない。あと一センチ。

心臓が、痛いくらいに打っている。有里恵も相当なのだろうが、こちらも苦しい。むぎゅっと、一気に乳房をつかめれば、ことは簡単なのかもしれない。しかし、それだけの勇気はない。へたをすると一巻の終わりとも思える。

(一センチ。ちょっとだけ。有里恵さん、怒らないで)

祈る思いで聖矢は手を狭めた。

親指の付け根が乳房に触った。

(あ、あ……これ、有里恵さんの……)

腰から下が、気だるく痺れた。熱湯を浴びせられたような感じだ。

指には、さらさらしたシャツとその内側のブラジャー、さらにブラジャーにぴっちりと包まれた乳房が感じられる。

ようやく接触したという触り方だが、それでも乳房の豊満さ、柔らかさ、女体のふくよかさというものが、如実に伝わってくる。

有里恵はなおじっとしている。乳房が盛り上がって下がった。また盛り上がって下がった。

浅く苦しい呼吸だ。息をするだけで精いっぱいのようにも思える。

(もうちょっとなら、大丈夫かも)

聖矢は手を内側に寄せた。

親指の付け根の関節が、柔肉に埋まった。誰がどう見ても、乳房に触っている。

有里恵は拒まない。触るのを許してくれているのだ。それならば、顎で触るのも認めてくれるはずだった。

聖矢は顔を下にずらした。乳房が盛り上がって、顎は深く埋もれた。乳房が下がっていく。一緒についていった。

再び胸が盛り上がった。聖矢はついていかない。顎と口と鼻が、胸の谷間に完全に没した。

(ああ、幸せ……)

陶酔というのは、このことを言うのだ。幸せに目がくらむ。幸せに気が遠くなっていく……。

「どこに……」

絞り出すように有里恵が言った。

「はい？」

咎められたとは思ったが、緊張と興奮と幸福が極まっているためか、体がうまく動かない。顔を起こすことはできなかった。

「どこに触ってるの」

「え。あの。心臓の音を聞こうと思って」

聖矢は無理にも顔を浮かした。

「それはいいんだけれど」

見下ろす有里恵の目は、泣いているかというほど潤んでいる。

「心臓の音、やっと聞こえました」

「ううん。わたしが言ってるのは、聖矢君が手で、わたしのどこに触ってるのかということなの」

「え……」

聖矢は右手を見た。

わずかに乳房に接触していたはずの手は、いつの間にか乳房の半分を覆っている。親指は、ちょうど乳首の上に乗っているのではないか。

「すみませんっ」

慌てて離した。

「ううん、いいんだけれど、ちょっとびっくりしたから」

「えっ。いいんですかっ」

「だって、顔だって触ってたじゃない」

「あ、そうですよね。そしたら僕、もう一度って……駄目ですよね」

「さあ……」

「さあって。いいんですか。いけないんですか」

「いけないことだけれど……」

有里恵は、そのあとを言うのがつらそうに、口を閉じた。

聖矢もつらい。心臓がわしづかみされているようだ。

「どうかしら」

「大人の人がそう言うのは、いいという意味ですよね」

心臓が口から飛び出すような狂おしさとともに、聖矢は右手を左乳房にかぶせた。

丸々とした肉の塊だ。

かっちりとした手触りなのは、たぶんブラジャーで固められているからなのだろう。

肉そのものは、とろとろに柔らかいのだ。いや、乳首は硬くしこっているかもしれない。だが、その存在はわからない。

「そこまでよ。それ以上は、しちゃ駄目よ」

「はい。でも、一つだけ、いいですか」

「何？」

「女の人のウエストっていうところ、触らせてもらえますか」

本当は、お尻だ。だが、あからさまに言うよりは絶対いい。肩に触るようなもので、あっさり認めてくれるに違いなかった。

「いいわ」

答える声は、依然として苦しそうだ。有里恵も、お尻に触られると知っているのか。

聖矢は右手はそのまま乳房にかぶせ、左手を下げていった。

有里恵は今日、濃紺のタイトスカートに黒のストッキングという服装だ。

手が、シャツの裾が中に入れられているスカートのウエストに触った。さらに手を下げた。むっちりとした山をなしているお尻に触った。

「あん。くすぐったいわ」

甘い吐息のような声だ。

「お尻はくすぐったくて、おっぱいはくすぐったくないんですか」

右手を、少しだけ動かした。

乳房はブラジャーで締められているからか、微動もしない。だが手のひらには、脆《ぜい》弱《じゃく》なプリンのような感触も伝わってきている。

聖矢がそれを感じた時、お尻の肉が強ばった。聖矢はもう一度乳房を撫でてみた。お尻の肉はコブのように硬くなった。

体が、感じているのだ。

（乳首をこすったらどうかな）

有里恵のよがりざまを想像して、聖矢は自分のほうがどうにかなりそうになった。乳首をそっとこする。有里恵は熱く喘ぐ。堪らずに腰をくねらせる。自分はスカートの中に手を差し込んでいく。

ガーターでストッキングを吊っているはずだから、手は生肌を撫でる。未亡人の秘部に一直線。

秘毛は美音子より多いだろうか、少ないだろうか。割れ目はもう、快楽の蜜でとろとろにあふれているだろうか。

「あら、大変」

普通の声で有里恵が言った。目は、聖矢の肩越しに上を見ている。

振り向くと、壁の時計は十時八分になっている。開店時間を過ぎていた。

「あ、僕、開けてきます」

聖矢はドアを開け、店の入り口へと小走りに向かった。

外に出て『準備中』のプレートを外した。暑い。早くも気温は三十四、五度まで上がっているのではないか。

空は真っ青に晴れ渡っている。

昨日の日曜も絶好の行楽日和だったが、夏休みを謳歌する学生、生徒たちは、朝から飛び回っているに違いない。

(うん?)

駅のほうからやってくる男女の二人連れが目に留まった。

(お?)

男のほうがクラスメイトの春日隼人だと気づいた時、向こうからも手を挙げて合図をしてきた。

女のほうは知らないが、百パーセント、ゲットしたと隼人が自慢している四元令子《よつもとれいこ》という子だろう。

聖矢は待った。二十メートルぐらいに近づいた。

「おう、頑張ってるか。陣中見舞いに来てやったぞ」

「別に頼んでないけど」

恋人らしい女の子に半分目を向けながら、聖矢は応じた。

「十時からって言ってたよな」

真っ黒に日焼けした隼人は聖矢が手にしているプレートを見てそう言い、続けて女の子を紹介した。

「こいつだ。メールで教えてた四元令子」

「あ、どうも」

と彼女に軽く頭を下げながら、自分に恋人ができた場合、その女性を「こいつ」と呼べるだろうかと、聖矢は思った。

隼人は得意の絶頂にあるが、特に粋がってそう呼んでいるわけでもなさそうだ。これは性格というものなのだろう。

「二宮さんですね。どうもです」

長い髪、コンパクトな顔、目の覚めるように黄色いベアトップに白の短パンという格好の女の子は、顔に似合った歯切れのよい明瞭な発音で言って、会釈した。

別の高校の一年生だと隼人は教えてくれたが、小麦色に焼けた肌は見るからにピチピチしていて、眩しいくらいだ。

プチ整形でもしたかと勘繰れるぐらい、目も鼻も口も整っている。化粧をしているように見えるのは、UVカットのためか。

「もう入っていいんだろ?」

隼人がドアを指差した。

「入るのか?」

「ずいぶんな言い草じゃないか。それでお客さん相手の仕事がよく勤まるな」

呆れたような顔をして、隼人は令子の背中に手をあてがい、店内に入っていく。

二人の仲睦《なかむつ》まじさにあてられた気分で、聖矢はあとに続いた。

4

有里恵の目の潤みは、すでに普通に戻っていた。隼人たちは、ドアから入って右の一番奥の席に座った。

「いらっしゃいませ」

聖矢は自分の友達だと有里恵に教えてから、あらたまって二人に水を持っていった。

隼人はカウンターの中にいる有里恵を、面映ゆげな顔で、ちらりちらりと見やっている。一方、聖矢の友達ということでか、有里恵は燦然《さんぜん》と輝くような笑顔を二人に向けている。

「ご注文がお決まりになりましたら、おっしゃってください」

「決まりました。ブレンドを」

噴き出しそうな顔をして、隼人が言った。

「ブレンドは、どちらを」

「あ？」

「各種、取りそろえております」

聖矢はメニューを示した。

ブルーマウンテン、キリマンジャロ、モカ等、単一のものと、ブレンドものがある。

隼人は目を丸くしている。

「ブレンドも、各種ご注文でブレンドいたします」

「マジ？」

「どうぞご遠慮なくお申し付けくださいませ」

カウンターの中から、明るく有里恵が言った。

「ほんとですか。お……僕、こんなの初めてです」

俺と言いかけて、隼人は言葉を換えた。

令子はコーヒーにはあまり関心がないのか、話の輪には加わらず、テーブルの上のメニューや店内に目を這わせている。

結局、隼人はモカ・ブレンドを注文し、令子もそれに倣《なら》った。

令子は何もわからないのでそうしたのに違いないが、令子が自分と同じものを注文したことを、隼人は当然というような顔をしている。

聖矢はカウンターに戻った。中ではもう有里恵が作業に入っている。

当面用事はないから隼人たちと話でもしていればと有里恵が言ったので、聖矢は隼人たちのほうを見てみた。

隼人がこちらを見ていて、目が合うと聖矢を呼ぶ仕草をした。聖矢は席に行った。

「昨日は休みだったんだろ?」

声をひそめて隼人が言った。もっとも、有里恵には聞こえるが。

「ああ。一日中、ぶらぶら」

聖矢は、休みなどいらない、早く店のバイトに出たいと思っていたことが有里恵に聞こえるように、答えた。

しかし頭の中には言うまでもなく、美音子とのことがある。

隼人が事前に自分に連絡をせずに家に来たりしたとは思えないが、もしそうだったらと、肝が冷えそうになった。

「俺たちは一日中、海だった」

な、という顔を、隼人は向かいの令子に向けた。令子は、はにかみ半分に聖矢を見ながらうなずいた。

「今日も？」

聖矢は、隼人が携えてきたバッグを見下ろした。

「今日はプール。な」

隼人が令子に目を向けた。テーブルの下では、ブルーのビーサンの足と、ピンクのビーサンの足が触り合っている。

(こいつら、やったな)

と、聖矢は思った。

しかし、妬《ねた》みのような気持ちは起きなかった。俺には有里恵さんがいると、誇らしく思った。美音子さんもいるとも、思った。先週の自分とは、違うのだ。

カウンターから、涼しげな氷の音が聞こえてきた。いい香りも漂ってきている。ちょっと、と断って、聖矢はカウンターに戻った。

有里恵はアイスコーヒー用のグラスに氷を落とし、濃く淹れたコーヒーを注ぐところだ。聖矢はトレイにミルクとガムシロップを用意した。

「毎日バイトで、ごめんね」

小声で有里恵が言った。

「いえいえ。とんでもないです。僕なりに楽しんでるんですから」

「そう」

先刻のスタッフルームでの肉体の接触を引きずっているような艶《つや》めいた目で聖矢を見て、有里恵が顔をほころばせた。聖矢も笑顔で応えた。

「これ、わたしが持っていくから」

トレイにグラスを載せながら、有里恵が言った。

「え。いいですよ。僕が持っていきます」

「聖矢君のお友達に、ちゃんとご挨拶をしなくちゃ」

カウンターから出た有里恵が、トレイを手に席に向かった。聖矢はあとに続いた。

「こちら、モカのブレンドです。どうぞごゆっくり。二宮君にはいつもお世話になっております」

注文の品をテーブルに置いた有里恵が、丁寧に会釈をした。

「あ、どうも」

と隼人が頭を下げ、令子はくすぐったそうな顔をして隼人に倣った。

(うわ)

みんなを見ているふりをして、聖矢は目の前の有里恵のお尻に目を剝いていた。深く頭を下げて会釈したウエストは小気味よくくびれ、それとは対照的に尻肉はもりもりと膨満している。

スカートはお尻に取られて裾がずり上がり、黒のストッキングに包まれた肉づき豊かな腿が、半分まで露出している。

手触りも生々しい。自分はいつか、この大きなお尻を裸のままで抱いたりすることがあるのだろうか。

「どうぞごゆっくり」

もう一度言って有里恵は体を立て、踵を返した。聖矢は有里恵に先を譲った。

先刻のスタッフルームでの時はそれほど感じなかった馥郁たる媚香が、肉悦を誘うように鼻をかすめていった。

「うわっ」

有里恵がカウンターの中に、聖矢がカウンターの外に立った時、隼人が大声を上げた。むろん有里恵も聖矢も隼人を見た。

「このコーヒー、美味しいっすねえ」

目を真ん丸に剝いて隼人が褒めた。

「ありがとうございます。お客様にそう言っていただけて、何よりです」

逆に有里恵は糸のように目を細めて笑顔を見せている。

「ほんと、美味しいです」

令子も遠慮がちに褒めた。本心から言っているのが、小麦色に焼けた顔に現れている。

「ここのご主人がものすごい美人でこんな美味いコーヒーを出すんだもの、聖矢が惚れて当然ですよね」

「あら。初耳ですけれど。二宮君、そうなんですか」

有里恵が聖矢に顔を向けた。

穏やかで動じない表情を装っているが、内心はそうではないだろう。いつもの「聖矢君」を「二宮君」と変えて言っているのは、大人としての態度に思える。

「さあ。僕もちょっと……」

口と態度ではお茶を濁しながら、聖矢は浮き立つものを覚えていた。これで有里恵との間に何らかの確約がとれたように思えた。

「目が違いますから。学校で、そいつがそんな目をしてるのを見たことがありません。惚れ切った男の目ですよ」

「何言ってるんだ、やめろ」

と言いつつ、聖矢は、力一杯愛情を込めて有里恵を見た。

「まるで別人ですよ」

顔と手を振って否定しながら、隼人はまたたく間に飲み終えた。彼の後を追うように、令子も飲み終えた。

「お邪魔しました〜。聖矢、しっかり働けよ」

その言葉を残して隼人たちは去った。それは「女ご主人様にたっぷりかわいがってもらうんだぞ」と言っているようだった。

二人きりになると、聖矢は気まずさを覚えた。

しかし、こんな程度で気まずさを覚えるのでは大人として失格だと思った。有里恵も、今のことはなかったこと、とでもいうような顔をしている。

いろんなハードルをものともせずに越えていって、本当の大人になるのだ。

聖矢はそう自分に言い聞かせ、隼人たちが使ったグラス類をてきぱきと運んだ。

「僕が洗いますから。有里恵さんは指に怪我をしてるでしょ」

カウンターの中に入っていって、聖矢は言った。

「聖矢君が舐めてくれたから、治っちゃったみたい。ほら」

左手の中指を突き立てて、有里恵が身を寄せてきた。

甘い香りが一緒に寄せてきた。

聖矢は左手を差し出すと、有里恵が委ねてきた。

怪我をしたところを見るよりも、聖矢はしなやかな指を握り込んでみた。

「ありがとうね」

どういう意味か、麗しい未亡人は聖矢の耳に口を寄せて囁《ささや》いた。

顔を見るのは恥ずかしかった。聖矢は何も言わず、指を強く握り締めた。自分の指が美音子に握られた昨日が、熱く思い出された。

第五章　女神の豹変

1

金曜になっても美音子は『ミレーユ』に顔を見せなかった。

メールも電話も来ない。

自分と聖矢の秘密を有里恵に悟られると案じて来ないというのなら話もわかるが、秘密を持った翌日から一切の連絡がないのは気になった。

しかし、店での日常はハッピーそのものだった。

有里恵との肉体的接触が多くなるということはなかったが、アイコンタクトが俄然増え、それは心の喜びとなって時間を豊かにした。

月曜朝の隼人の言葉が大きく寄与したことは、間違いない。「持つべきは友」と言うのはなるほどもっともだと、聖矢は思った。

しかし、このまま美音子が店に来なくなるとも思えず、一方では有里恵と好ましい関係が築けそうで、人生初めての女性問題に聖矢は悩んだ。

そんな中で聖矢は、改めて自分というものについて見え方を変えることになった。

この十六年間、自分が女性にもてなかったのは、年上にもてるタイプだったからなのだ。今まで、年上の女性と知り合うチャンスがなかっただけなのだ。

そう悟ると生きていることが何とも楽しく、目は生き生きとし、歩き方も颯爽《さっそう》としてくるのが、自分でもわかった。

それでも、美音子のことは気がかりだ。自分と有里恵のことにも影響する。遠慮をして自分から美音子にコンタクトをとるのは控えていたが、このままでは精神的に悪いと思っている時に、ようやくメールが来た。

金曜の夜、九時過ぎだった。

『お久しぶり。連絡しないでごめんね。明日、オーストラリアに行きます』

これだと、有里恵の存在が、一気に重くなる。

聖矢はすぐに返信した。

『急なんですね』

というだけの文面だ。美音子を案ずることを書けば美音子の存在が大きくなり、ややこしい結果になると思った。

『電話、いいかしら』

と来た。直接話をすれば美音子に再び惹かれてしまう危惧もあったが、拒むことはできなかった。聖矢のほうから電話をした。

美音子の話はこうだった。

月曜から木曜まで、夏休みを利用して、子ども連れで親戚が来ていた。今朝帰っていったのだが、ちょうどその直後、夫が骨折して入院したと、オーストラリアから連絡が入った。命にかかわるような怪我ではないというが、とりあえず明日、行く。

「聖矢君に会わせないようにという神様の思し召しかしら。それとも夫かしら。悪いことはできないわね」

数日で帰ってくるかもしれないが、行ってみなければわからないと言った美音子は、これからまだ準備があるからと電話を切った。

(もしかしたら、美音子さんとはこれっきり?)

ケータイを見つめながら聖矢は思った。

それならあの日、もっと積極的にやるのだったと悔やみもしたが、反面、〝清い〟体でいられてよかったとも思った。

両手の指は美音子の恥部を触りまくったが、聖矢側からの自発的な行為というものはなかった。すべて美音子がリードしていたのだ。

キスのひとつもしなかった。美音子の乳房も、恥部の方はじっくりとは、だが、見はしなかったのだ。

これこそ神様の思し召しというものではないか。有里恵の笑顔が目に浮かんだ――。

今頃美音子は南へ向かう飛行機の中かと思いながら、聖矢は調理場で自分の昼食の皿を洗っていた。

美音子の存在が飛行機とともに小さくなっていく。自分も勝手な人間だと苦笑してしまうが、これでいいのだ。

「ありがとうございます」

有里恵の声が聞こえてきた。

客は二人連れが一組だった。聖矢は濡れた手を拭き、店のほうに戻った。有里恵は客がいた席をきれいにしていた。

カップ類はカウンターの上に置いてある。聖矢はカウンターの中に入った。

「あら、お昼は？」

「もうすみました。今のうち、有里恵さんも食べちゃったらいいんじゃないですか」

「ううん。あたしはおなか空いていないの」

布巾をたたみながら、有里恵がカウンターの向こうに来た。

「明日は二回目のお休みね」

「そうですね」

聖矢はこの前の日曜を思った。

そうして、あと五回の日曜が過ぎればここともお別れなのだと思った。

「明日のご予定は？」

「この前と同じです。また家でゴロゴロぶらぶら。早く日曜が終わってくれないかな、なんて思いながら」

「お友達みたいに、海に行くとかどこかで遊ぶとか、しないの？　って、日曜以外の日に聖矢君を拘束してるのはわたしなんだけれど」

「拘束なんて、そんな。学校の校則だけでいいです」

「あはは。じゃ、高速道路の高速は？」

「え？」

カップ類を洗って水道を止め、聖矢は有里恵を見た。

「車はお好き？」

「乗るのがですか」

「そう」

「大好きです」

誘いだと胸を熱くし、聖矢はそう答えた。

「一回りも年上の女と一緒でも？」

「サル年同士、類は友を呼ぶでいいんじゃないですか」

有里恵がカウンター越しに、右手の小指を差し出してきた。聖矢は濡れた手を拭き、小指をからませた。

2

翌、午前十時過ぎ。

聖矢は店のある駅の一つ手前、有里恵の家の最寄駅で電車を降りた。

この沿線はどこも似たような風景だ。

駅前ロータリーから左右に商店街が広がり、ロータリーからまっすぐに二区画、三区画行くと、もう住宅街が始まっている。

有里恵の車は澄んだブルーの中型車だ。一週間前のことはおくびにも出せないと思いながら、聖矢は助手席に乗り込んだ。

（おお。やっぱり違う）

うっとりする思いで聖矢は大きな呼吸をした。

当然とはいえ、車内は有里恵の媚香が満杯に詰まっている。有里恵の懐に抱かれているような気分だ。

「どこに行ってもいいかしら」

発進させてすぐ、有里恵が言った。

有里恵は青地に黒のチェック柄の、襟のあるノースリーブのシャツを着ている。髪は青いゴムで結えている。シャツの裾は黒いスカートの上に出し、ストッキングも靴も黒だ。

「どこでもいいです。有里恵さんにお任せします」

そう答え、聖矢は心の中で、亡くなった旦那さんの行ったところは駄目です、とつぶやいた。

「ドライブの時間は、長くても短くてもいい？」

「はい。まあ、どっちかといえば、長いほうが。有里恵さんと一緒にいるのが目的ですから」

聖矢は意を決して、告白と取られてもいいような言い方をした。

「短いのは、駄目？」

「いいですよ」

拒否されたかと、聖矢は落胆した。やはり年齢の壁は厚いのか。それとも童貞に未亡人は釣り合わないというのか。

「ほんとね？」

「僕、有里恵さんに嘘はつきません」

聖矢の言葉に有里恵は応えず、前を向いている。

一瞬、自分と美音子のことを勘繰っているのではないかと、聖矢は訝《いぶか》った。しかし端正な有里恵の横顔からは、答えのかけらも伝わってこない。

車は住宅街に入っていく。

今降りてきた駅の向こうに、一般国道が線路と平行して走っている。このまま住宅街を突っ切って進めば、やがて高速道路に行き当たる。

昨日、有里恵は高速のことを言っていた。短いとか言って、実は今日は、長いドライブになるのではないか。

有里恵が右にウインカーを出した。

しかし交差点はない。

(え?)

聖矢は有里恵を見る。

有里恵は平然とした顔をしている。ツンとすましたようにも見えるのは、緊張しているのか。

右手には、一戸建てとマンションが建ち並んでいる。

「有里恵さんのおうちに行くんですか」

「駄目?」

「いいです。なあんだ」

笑いが込み上げた。有里恵を見ると、彼女も顔がほころんでいた。

有里恵のマンションは、明るいグレーの七階建てだった。部屋は四階だという。

「短いドライブだったけれど、あとでまた行ってもいいし。ここはまあ、ドライブインとでも思って」

三階から降りてくるエレベーターを待ちながら、有里恵が言った。

「有里恵さんと一緒なら、山のてっぺんでも海の底でもいいです」

「海の底はまずいじゃない」

「潜水艦とか」

「まあ」

有里恵が甘くにらんだ。エレベーターが降りてきた。

乗り込む時に、エントランスから夫婦らしい中年の男女がやってきた。有里恵がドアを開けて待ち、一緒に上がった。男女は七階まで行った。


部屋に入った。

エアコンが効いている。

美音子のところと違って、コンパクトな造りだった。

夫が亡くなってから、ここに越してきたらしい。

部屋は大きくなくとも、手入れが行き届き、生花が飾られていて、美術館にでもいるような澄んだ感じがする。

それよりも何よりも、香りがよかった。〝有里恵の世界〟を実感する思いだ。

ピンクベージュのソファに座らされた。前には幅一メートルぐらいの低いテーブルがある。

有里恵が右側に並んで座った。嫌でも一週間前のことが頭に浮かぶ。

「ね、聞いてくれる?」

あらたまったふうに有里恵が言った。

目は深い潤みをたたえている。青いシャツを着ているせいか、いつもより顔が白く見える。

「はい」

聖矢は襟を正す思いで、言葉を待った。

「聖矢君がバイトでわたしのお店に来てくれてから、わたし、生きるのがつらくなってしまったの」

「……え」

「でもそれは、嬉しいというのと同じ。聖矢君はわたしに、生きる喜びを与えてくれたの」

「そ、そうですか」

能のない返事だと思った。しかし他に言葉が思いつかない。

「ちょっといいかしら」

有里恵が右肩に顔を落としてきた。

しなだれかかってきたのではない。顔は浮いていて、ちょうどTシャツの肩口のまん前まで口がきている。

「ああ、堪らないわ」

「え……」

「聖矢君の匂い」

「………」

聖矢は驚いて有里恵を見つめた。有里恵の媚香の虜になってしまったのは、この自分のほうなのだ。

「わたし、聖矢君の匂いに、毎日もう、クラクラなの」

瞳の潤みが強まっている。自分の匂いのせいだとはにわかには信じがたい。

「あの、ですね。それは僕のセリフです。僕も毎日有里恵さんのいい匂いを嗅ぐことができて、天国にでもいるような気分なんですよ。だから僕は何度も、有里恵さんと一緒にいたいって言ってるんです」

「ううん、それはわたしのほう。ねえこっちに」

有里恵はすっかり聖矢のほうを向いて体に張りつき、肩から喉元、胸と鼻を近づけてきた。

「有里恵さん、待ってください。僕、汗臭いですよ」

「ううん。大丈夫」

「どうせならシャワーを浴びさせてください。うちを出る時に浴びてきたんですけど、また汗をかいちゃいましたから」

有里恵は左手を聖矢の右肩に、右手を胸にあてがって顔を上げた。

「これが男の匂いなのよね。でも、聖矢君のは特別。わたしって、変？」

急《せ》かされるような口ぶりで言うと、有里恵はTシャツの裾を胸までたくし上げた。

「あっ、あのっ。ねえ、シャワーを。おしぼりか何かで体を拭くだけでも」

「う、ううん。これが聖矢君の肌の匂いなのね。何か思い出すわ。う～ん、ほんとにいい匂い」

顔は腹からジーンズのベルトのところに下がった。有里恵自身、ソファからずり下がっていく。

右膝に左の乳房がもっちりと乗っている。有里恵の左手はベルトにかかり、右手は右腿を撫でている。

有里恵の顔は腹から右鼠蹊部に這い下り、腿を膝まで一往復し、そうして男のモノの上に来た。

「う!」

聖矢はめくるめく桃源郷にいざなわれていくような感覚に襲われた。恐ろしいばかりの浮遊感。二人重なって、空に浮かんでいるようだ。

「ねえ……」

頬が肉茎の左右を這う動き、顎が肉茎の上部をなぞる動き、口が亀頭冠と陰嚢をこする動き、そのそれぞれが目の前に大写しになっているように感じられる。

一気に勃起していた。

「わ」

嬉しいような驚いたような怒ったような妙な表情で、有里恵が聖矢を見上げた。

「見せて」

「勃ってしまいました」

「見せて。ね」

有無を言わさず強い口調で有里恵はベルトを外し始めた。

「えっ、そんな、いいんですか」

美麗未亡人の豹変ぶりに、聖矢は目を疑った。

バイトの面接に行った日、有里恵は聖矢が自分で着けたエプロンを直した。その時、聖矢の腰を抱く形になった。

聖矢は乳房が腿に当たってきたことに意識が奪われていたが、有里恵は聖矢をそうさせておいて、ひそかに男の匂いを味わっていたのではないか。

そんなことを思っている間に、ジーンズは腿の途中まで下げられていた。シャワーを浴びてはき替えた濃いグレーのボクサーブリーフが、鋭く突っ張っている。

白い指がブリーフを剝き下ろした。陰毛は露出したが、肉幹が見えるまでにはならない。

「立って。腰を浮かすだけでもいいわ」

一秒も待てないという口調だ。目はぎらつき、口は喘いでいる。

「あの。匂い、だけですか……」

「どういうこと？」

ぐいぐいと、有里恵はブリーフを引っ張る。だがゴムがきついことと肉幹に引っ掛かっていることとで、なかなか下がっていかない。

「腰、浮かして」

有里恵はそう言ったが、しかし聖矢が指示に従う前に、ブリーフの上から亀頭にかぶりついてきた。

激烈な感覚が脳天を打った。快感というよりは痛みに近い感覚だった。しかし有里恵はもう、口を離している。

「なんていい匂いと味なの。悔しいぐらい」

「え。そうですか」

声はかすれていた。知らずに体は目一杯突っ張らせている。

「何人の女の子におしゃぶりされたの？」

「えっ？ そんなことされたこと、ありません」

「嘘おっしゃい」

「嘘じゃないです。僕は有里恵さんに嘘はつかないって言いませんでしたか」

「だって、信じられないもの。こんなにかわいいのに」

言いながら、有里恵はブリーフを引っ張っている。だが、同じことの繰り返しだ。

そのことに、有里恵は気がついていないようだった。

「事実は事実です。僕、女の人に、そこを触られたこともありません」

「………」

目を逸《そ》らさずに、有里恵が這い上がってきた。

「わたしは聖矢君のことがすごく好き。それだけに、嘘を言われるのは嫌」

「僕は女の人にソコに触られたことも、今みたいに口でされたことも、なんにも経験してません。本当です」

「女の人のカラダに触ったりしたことは？」

「もちろんありません」

聖矢は、美音子が二人の秘密を一生口外しないことを祈った。

いや、そんなことよりも、有里恵の豹変ぶりが理解できない。

「キスは？」

「したことありません」

「嘘つきにはキスしちゃうわよ。嘘でなくてもしちゃうから」

伸び上がってきた有里恵は聖矢の顔を両手で挟むと、唇をやや突き出して、軽く接合させた。

そしてその一瞬後、ねっちりとこねくりつけてきた。

（あ、唇だ……）

頭の芯がジーンと痺れた。

その感覚は流れるように下降し、腹部にたまっていく。

内部から肉幹が刺激され、ビクビクといななないた。

もう一度ねっちりと蠢くと、唇は離れていった。

だが、口づけが終わったというだけのことで、有里恵は右頬に唇を這わせ、舌を這わせ、耳を口に含み込み、耳介を甘咬《あまが》みし、穴に舌を挿し込み、穴周辺を舐め、そして口を耳の後ろへと移していく。

「聖矢君の耳、わたし、好きなの」

首筋から再び耳に戻った口が、熱く囁いた。

(僕は、有里恵さんの全部が好きです)

聖矢は何か訴えようとしたが、声が出ない。代わりに自由な左手で有里恵の左の二の腕を撫でた。

「顔、上げて」

耳に口をつけ、また有里恵が囁いた。聖矢は顎をのけぞらせた。有里恵の口は顎の右横から先端へと下がり、さらに下がって喉を辿った。

その時に感じられる吐息がたまらない。

聖矢は有里恵の腕から脇腹、そして背中へと愛撫の手を広げていった。有里恵は口を下げてTシャツ越しに胸元の匂いを嗅ぎ、右手でブリーフに触ってきた。

3

有里恵の手はブリーフの中に潜って陰毛を掃いた。指先が肉幹の根本に当たってい
る。少し左寄りに下がって、指は陰嚢をまさぐった。

「……有里恵さん、あの……僕……困ります」

一週間前、パンツの中で爆発してしまったことが頭をよぎった。

「どうして？」

顔を上げ、有里恵がやさしく訊いた。

潤みの強い瞳は、狂おしい淫情を示している。もしかして夫を亡くしてから初めて
の「男」だからなのだろうか。

「出てしまいそうです」

「いいじゃない。出ちゃっても」

いつもの彼女とは違う瞳が妖しく揺らめいた。

ぬくぬくとした匂い香りが漂い上がっている。

「有里恵さんに迷惑をかけてしまいます」

「言っている意味がわからないわ。立って」

手を引いて、有里恵は聖矢を立たせた。ジーンズが自然に足元に落ちた。有里恵がボクサーブリーフに両手を掛けた。

だが有里恵はすぐに下ろしはせず、鋭角の山をなしているブリーフ中心部に顔をくっつけている。

「本物はどうなってるのかな」

うっとりとした目で有里恵は聖矢を見上げ、艶然とした笑みを浮かべて有里恵はブリーフを下げていく。

肉幹が弾み出た。有里恵の瞳が急激に広がった。

「わっ!」と、胸の内で叫んだ気がした。聖矢は、興奮と感激と羞恥の混じった感情に呑み込まれていた。

有里恵は両手の指を肉幹に添わせ、聖矢を見上げた。

「高校二年生っていうと、もう完全に大人のおちんちんなのね。こんなにきれいに剝けちゃって」

「他人のことは知りませんけど」

「わたしも、他の人のことはどうでもいい」

有里恵は目を細めて、肉幹の左側からチェックしている。

すーすーと、空気が肌をなぶる。熱い吐息も伝わってくる。

整った鼻は亀頭の左横に移った。亀頭の下べりから左横べりを、有里恵は舐め上げた。ひりつくような快美感が肉幹全体と両鼠蹊部を襲った。

このままでは射出してしまいそうだ。

「ああ、駄目です」

「どうして」

もごもごと不明瞭に言って有里恵は舌を引っ込め、左側一帯の陰毛に鼻を埋めた。

亀頭は頬に接し、肉幹を満遍なく両手の指が覆っている。

「匂いも味も、なんでこんなにいいのかしら。若いからかな」

「あの、僕にも有里恵さんの体を触らせてくれませんか」

「いいわよ」

と答えた口が、そのままぬらぬらと亀頭をくわえ込んだ。

灼熱の随喜感が、一気に亀頭から肛門までを貫いた。

ビリッと、体が裂けた。

「あうっ！」

突然、腰が躍った。有里恵はすがりつくように両手で肉幹を握り締め、唇で亀頭を絞り上げている。

「あああああ。う……うあ、うあ、うあああ……」

聖矢は有里恵の肩に手を乗せて、渾身《こんしん》の射精に打ち震えた。有里恵は真っ赤な顔をしている。喉が、音を立てた。

(飲んだ。有里恵さん、飲んでる)

その時、体勢が崩れた。

「あ」

聖矢はソファに尻餅をついた。

しかし亀頭をくわえたまま有里恵がついてきた。いや、ついてきた有里恵の勢いが強く、亀頭は口洞深くぬらぬらと没入した。

「うおっ、うおうおっ、うおおっ……」

脳みそが蹂躙《じゅうりん》されるような随喜感に襲われた。

あまりに厳しい快感に、聖矢は右に左にと腰を向けて身悶《みもだ》えた。逃れれば逃れようとも思った。だがソファの上では無理だった。

顔に妙な感覚が覆いかぶさってきた。頭全体に靄《もや》がかかったようになった。目の前が暗くなっていく。

（俺、変になる……）

その意識も、消失した――。

4

首筋が撫でられている気がした。

体に力が入らない。目も開けられない。

「どうしたの」

甘ったるい声で囁きかけられた。

聖矢は意思表示をしようとした。体に意識を向けてみると、指は動くのがわかった。右手は有里恵の体の下にある。手のひらが上を向いている。

指をもぞつかせた。自然に有里恵のおなか辺りを掻いた。

「指は動くのね」

有里恵が体をずらした。手の位置が移動して、指がスカートの中に入る。ストッキングの上部の厚編みになっているところに触っている。

意識も体も回復した。聖矢は目を開けた。有里恵が顔を覗き込んでいる。

「イッちゃったのね」

「有里恵さん、飲んでくれたんですね」

言いながら聖矢はストッキングをまさぐった。指は厚編みの部分から外れて、生肌を撫でた。しっとりと汗ばんでいる。

「あん」

「今度は僕に、ここを触らせて」

「聖矢君のエッチ」

「有里恵さんの体を触らせてもらえるのならエッチでも変態でも何でもいいです」

「ねえ、お願いしたいことがあるんだけれど」

有里恵は体を立てた。聖矢も起き上がった。

「わたしの好きなやり方でしてほしいって言ったら、してくれるかしら。変な女だって、見限っちゃうかしら」

美貌が、一気にぽっと染まった。顔には、はにかみもありありと出ている。本心なのだ。

「僕はこういうこと、なんにも知らないんですよ。変とか変でないとかの基準もありません。仮に何か知ってるとしても、有里恵さんのことを変だなんて、思うわけがありません。罰が当たります」

「まあ」

紅潮した顔でねっとりと、有里恵は聖矢をにらんだ。

「有里恵さんは僕の女神様ですから」

「淫らな女神だっていうんでしょう」

有里恵は甘い目つきで聖矢を見つめたまま立ち上がると、黒いスカートをつまんで引き上げた。

黒いストッキングに包まれた腿が視野を圧していく。黒いガーターベルトが現れた。そしてすぐ、目にもまばゆい白い肌。

さらにスカートは上がって、黒の総レースのショーツを露《あらわ》にした。

「舐めて。このままで」

愛技をせがむ目は分厚く潤み、陶然とした様を呈している。朱の口はぽってりと緩んで、やるせなげな息づかいを見せている。

「ショーツの上からですか」

聖矢はソファからずり下りた。

「そ。べちょべちょって。びちゃびちゃになるまで舐めて」

「はい」

聖矢はストッキングの厚編みのところに両手をあてがい、陰阜《いんぷ》の正面に鼻を押しつけた。

独特の秘香が脳髄を席巻した。

「有里恵さん、有里恵さんのここの匂い、堪りません」

「匂い、嗅いでるのね。たくさん嗅いで。いやらしく嗅いで」

スカートを握り締めながら、声を上ずらせて有里恵がねだった。聖矢は鼻と口で陰阜をこすった。

肉厚の陰阜が歪むのが感じられた。

下のほうで、湿った音がしている。

顔を下げ、上に向けて、舌を突き刺してみた。

ぐぢゅりとはまった。

「はあぁ、あ！　感じる！」

握ったスカートを揉み込んで、有里恵が喜悦の叫びを上げた。聖矢は舌を突き刺したまま、顔を横に振った。

恥肉が揺れた。

左右にめくれ返っている感じがする。

どぶりと蜜液が噴き出して、ショーツを濡らした。聖矢は舌に力を入れ、上下に往復させた。

「う、う〜っ、いいわいいわ。あ、あんあん」

舌技をねだる一方で、有里恵は腰を逃げさせようともしている。快感が強すぎるのか。

しかし、逃げたくはないはずだ。愛撫を求める思いとは裏腹に、体が勝手にそう反応してしまうのに違いなかった。

聖矢は両手を回してお尻を抱き寄せた。大きい豊満なお尻だ。

「舌、入れて。舐めて。滅茶苦茶に舐めて」

抱かれたお尻を小刻みに震わせて有里恵が急かす。聖矢は伸ばせるだけ舌を伸ばし、そこから陰阜の前面までを舐めた。初めての体験に聖矢は身も心もうち震えた。

「んっ、おっお。あっ、うんうん」

腰を後ろに逃がすことのできなくなった有里恵は、左右に逃げたり上に逃げたりしてそれから自ら舌技を迎えるように、恥骨をせり出した。

有里恵がその格好になったことで、聖矢としてはより舐めやすくなった。べろべろと舐め上げた。蜜液が豊潤に染み出しているので、きわめてなめらかな舌づかいになっている。

「あっ、あ～、堪らないわ。うっ、うんうんうん。舌で……お願い」

前後左右に腰をうねらせながら、有里恵がせがむ。

聖矢は右手だけ前に戻し、顎の下から差し込んで、滴るほど濡れているショーツ越しに恥芯をなぞった。

「い～っ。あっあっあっ、いっ、い……いいっいいいっ、い～っ」

肉悦によがる有里恵は体を弾ませた。ショーツごと恥芯を愛撫する指がずれて、脇から中に入った。

どろどろの恥肉だった。あっと思う間もなく、人差し指と中指が粘膜深く没している。

「うおおおお！」

有里恵が腿を烈しく打ち振った。

「突いて突いていじって」

うわ言のように有里恵がわめく。

聖矢は二本の指を立てて上下させた。中指は秘口をうがっている。人差し指は第二関節近くまで没入している。

「クリも。クリも……」

腿と腰をわななかせ、さらに有里恵は要求する。

クリトリスを愛撫してくれと有里恵は言っているのだが、聖矢には正確な位置がわからない。その上、今はショーツ越しの舌技だ。

わからないままに聖矢は陰阜前面を舐め回した。唾液を大量に送る。総レースのショーツは、無残なまでに濡れ乱れた。

「いっいっいっ」

有里恵の体は跳ねるような反応を起こしている。舌がちょうどクリトリスを舐めた時に、体がそうなっているようだ。

聖矢は有里恵の反応を見ながら秘密の突起を探った。だいたいの見当がついた。そこを舌をとがらせて、集中的に責めた。

「ひいっあ！　あああ、あ！　あ、あ！」

ビックンビックンと、有里恵は跳び上がった。

舌技は的を射ているのだ。聖矢はなお責めた。右手の二本指は休むことなく上下させている。

「吸って！　そこ！」

愛技をねだりながら有里恵は後ろに倒れていく。聖矢は左手をお尻から腰に移して抱き支えた。

女の快楽の突起の箇所は完全にわかった。聖矢は唇をめくれさせて密着させ、思い切り吸引した。

「ひいっ、いーっ！」

有里恵の総身が打ち震えた。恥芯がひきつるのが、上下させている二本指に明瞭に感じられた。

聖矢は突起を吸い続けた。

ぢゅるると、体液が流れ出てきた。唾液と蜜液が混ざり合ったものだろう。口に入ってきた体液を送り出し、あらためてすすり取った。

「ショーツ下ろして吸いますか」

口を離して聖矢は訊いた。

「そのまま。そのまま吸って。あ、あ〜ん。吸ってえ。痛いぐらい吸って……」

せがむ声はすすり泣きに近い。聖矢は吸い立てた。指では恥芯を攪拌《かくはん》してみた。

「うむっ、うはっ、うううう」

有里恵の体が硬直していく。震えながらこわばっていく。聖矢は快楽突起を吸引し続けた。恥芯を掻きくじり続けた。

「あっあっあっあ！　うんうんうんうんうん！」

拘束を破るほど体を躍らせて、有里恵は痙攣を起こした。

(有里恵さん、イッたぞ)

しっかり腰を抱き込んで有里恵が倒れるのを防ぎ、さらに聖矢は肉突起の吸引を続行した。

「やめてっやめてっ、あああああ、ううううう」

訴えを無視して聖矢はまた吸った。

「あ、あーん！」

と一声、有里恵はぐにゃりとたわんでくずおれた。

5

有里恵の後ろにはテーブルがある。

聖矢は慌てて有里恵の体を引き寄せた。有里恵の体は勢いあまって聖矢の上に覆いかぶさってきた。

抱き止めようとしたが、膝のところまで下げられているジーンズとブリーフが邪魔をしてバランスを崩し、一緒に後ろに倒れてしまった。

幸いにも、有里恵はソファに突っ伏す格好になった。聖矢は急いでジーンズとブリーフを脱ぎ捨てた。

肉幹は射精前のようにいきり勃っている。亀頭は真っ赤に艶光りし、我ながら見とれてしまうような立派さだ。

有里恵は体をひくひくさせている。今までずり上げていたスカートは下がっている。秘部がスカートに隠されていても、噴き漂う淫香は魅惑的だ。

いや、淫らな匂いは、舌技を見舞っていた聖矢の口の周りから放たれているのか。指からというのもあるのか。

聖矢は右手の二本指の匂いを嗅いでみた。

酸っぱく、粘り気に富んだ恥香だ。酸っぱさは、あの美音子よりも勝っていると思えた。人妻と未亡人の違いだろうか。

「もう……駄目」

囁くような声で有里恵が言った。まだ、ソファにへばりついている。

「イキましたよね」

聖矢は左肩のところに寄っていった。いつこうなったのか、後ろで髪を結えている青い太いゴムが根元からずれている。

聖矢は濡れていない左手で直してやった。

「ん？　あ、ありがと」

有里恵は顔を上げてニッコリとし、自分でも直した。

「一応、こっちの手は使いませんでしたから」

右手を掲げた。

「やあだ。聖矢君ったら」

表情を甘くして有里恵は聖矢の手をつかむと、人差し指と中指を一緒にしてくわえ込んだ。

「その二本だって、わかるんですか」

「ん」

有里恵は目を細め、指に舌をからめてねぶった。

「ショーツ、濡れてますよ。大丈夫ですか」

「そう。ぐちょぐちょ。全然大丈夫じゃないわ」

口から指を抜かずに有里恵は答えた。

「脱ぎます？」

性戯はこの後もあるのかという意味で、聖矢は訊いた。

恵を見た。


「脱ぐわ。脱がせて」

そうは言ったが、有里恵はまだ指を舐めている。

聖矢は、手を放してくれなければショーツを脱がすことはできないという目で有里恵を見た。

二度、抜き挿しするように口を前後させて指をねぶってから、有里恵は放した。

「男の指をくわえるなんて、もう何年ぶりかしら。そうね、五年よね」

「そうですか」

「男というものを思い出してしまったわ」

「僕には思い出の夏になります」

隼人も最高の夏休みだろうが、自分のほうが上だと思った。

「嬉しいことを言ってくれるのね」

有里恵は膝立ちになると、聖矢の左手を取り、右乳房に押しつけた。

「ああ、人の手だわ」

「生まれて初めて触ります」

少しだけ、疚しさを覚えた。だが、嘘というほどでもないのだ。

「おっぱい、見る?」

「下はどうしますか」

「ん。脱がせて」

有里恵は立ち上がった。ストッキングも全部脱がせてくれというのだろう。聖矢はスカートのウエストを緩めた。

スカートを落とし、ガーターのフックを外してストッキングを剝き下ろした。ストッキングを抜き取られる時、有里恵は聖矢の肩につかまって、交互に脚を浮かした。

それから聖矢はガーターと濡れたショーツを取り去った。

生まれて初めて目にする陰阜。それも憧れの人の。

透き通った白い肌がむんと膨らんでいる。そこにひとつかみの秘毛がからまり合って繁茂している。

淫香が強く放たれている。自分が魅了されている有里恵の媚香の一部がこの匂いだったと聖矢は気づいた。

(男を虜にする女の匂いなんだ)

聖矢は立ち上がり、シャツのボタンをはずしていった。有里恵はすべてを委ねる子供のようにしている。

黒のレースのブラが現れた。シャツを脱がし、後ろに回ってフックを外し、ブラジャーを抜き取った。

白い乳房は、胸から一気に山をなした砲弾のような形をしている。

乳首は地肌に溶け込みそうな淡い桜色をしている。

結婚一年で未亡人になったからだろうか。自分の手でいじくることはあっても、吸われることはないのかも。それでこのような初々しい色をしているのではないか。

「また一つ、お願いしていいかしら」

全裸に剝かれた有里恵が言った。

「立ったままで、何かをするんですね？」

「どうしてわかったのかしら」

「有里恵さんのことなら、たいていわかります」

「でも、どうして、立ったままってわかったの？」

「お店のカウンターの中でとか、そういうことを考えてるんですよね」

聖矢は耳に口を寄せ、囁くように言った。

「あ、はああ、そうよ。そうなの」

とたんに有里恵はひどく喘いで、また倒れそうになった。聖矢は抱き寄せて、さらに囁いた。

「じゃあ、今、『ミレーユ』に行きましょうか」

「無理。今度。だって待てないもの。ねえ、聖矢君、今して。立ったままで。どこでしようか。ねえ、ねえ、どこがいい？　でも、初めてのセックスが変態みたいのでもいいのかしら」

有里恵は首を巡らせて、都合のよさそうな場所を探している。

「有里恵さんとなら、どんなことでもいいって言ったじゃないですか。有里恵さんと僕との間で、変態とか、そんなことはありませんよ」

「どこがいいかしら。ないわね。キッチンでもいいかしら」

「じゃ、行きましょう」

「これ、脱いで」

有里恵は聖矢のTシャツを抜き取ると、両手を腕にからめてキッチンへと急かした。

「すっごくいやらしいのでしてもいいかしら」

シンクにお尻をつけて、有里恵は聖矢に向き直った。

「何でも大丈夫です。だけど、お尻、冷たくないですか」

「平気。いい気持ち」

幸せそうな顔をして、有里恵が聖矢に両手を差し伸べてきた。聖矢は肌を合わせて受け、両肩口を抱いた。

肘から二の腕にかけてはひんやりとしているが、肩は温もっている。お尻は熱を持っているのかもしれなかった。

「お乳吸って。こっちは揉んで。そうして、おちんちんを入れてちょうだい」

「はい」

と答えはしたが、これから初体験をする自分にそんな難しいことができるのかと聖矢は案じた。

とりあえず、乳房への愛撫はできる。聖矢は顔を下げて要求どおり右の乳首を口に含み、左乳房を揉んでみた。

「んあああ、聖矢君！」

乳首をしゃぶられたとたん有里恵は右胸を痙攣させ、乳房を揉まれると、左肩を突き上げ、うねり返らせて喜悦した。

乳首は硬くしこり勃ち、乳房は驚くほどの弾力がある。聖矢は左の乳首を指でいらってみた。

「あっあっ、いい。いいわいいわっ」

有里恵は聖矢の肩を荒くまさぐって随喜の言葉を放った。聖矢は乳首をしゃぶっている右の乳房を揉みしだいた。

「ううう っ、うんうん。あ、……おっぱい……おっぱいだけでイッちゃいそうよ」

随喜は急激に昂じたか、有里恵は流し台に頭を落として総身をわななかせた。体がそうなったことで、双乳は強く張った。

乳首は小気味よくそそり勃った。聖矢は乳首を咬んでやった。左の乳首はくりくりとひねってやった。

「乳首、いいっ、いいっ。乳首、感じる。感じるよお」

有里恵はますますシンクの中に頭を落としていく。おなかが突き出て、もしゃもしゃとした秘毛が聖矢の鳩尾《みぞおち》下部に当たっている。

身長差がありすぎる。このまま挿入できるとは思えない。経験のある者ならともかく、自分にはとても無理だろう。

ペニスの代わりに指でやってみようと聖矢は思った。口を左乳首に移し、右乳房を後ろから回した左手で揉んで、右手で恥芯をまさぐっていった。

「ああっ、それ。指、入れて」

顔を上に向けたまま、切なげな声で有里恵が哀願した。聖矢はどろどろに濡れた恥芯に中指を沈め、奥へと滑らせた。

指先が秘口に達した。

（うっ。狭い）

美音子の秘口と比べていた。

この違いはやはり、長年の未亡人生活の結果なのだろうか。これまで仮に有里恵が膣に指を入れてオナニーをし続けてきたとしても、やはりペニスを入れられるのとは比較にならないのかもしれない。

指を、挿し込んだ。

ぬらぬらと没していく。しかし、狭い。きつい。

「ああっ、ああっ、ああ～っ」

有里恵が、しゃくり上げるような反応をした。

指は根本近くまで没入している。手のひらに分厚い恥肉が当たっている。人差し指と薬指は恥芯下部に沿って触っている。

「動かして。指、入れたり出したりして……」

「んん」

乳首を吸い立てながら聖矢は返事をし、指を働かせた。

美音子の時とは違う。せがまれての行為とはいえ、自分でやっている。しかし美音子が自分のいいようにしたことで、だいたいのやり方はわかる。

クリトリスも気持ちよくしてほしいはずだった。美音子は聖矢の左手の指でそれをしたのだったが、今は無理だ。

聖矢は中指を挿し込むのと同時に、手のひらの手首寄りのところで恥肉を叩いた。それで女性の快楽突起は甘美な刺激を受けるに違いなかった。

「あんあんあん。いいい、いっ。あっあっあっ。いっいいいっ」

弓なりに反った体をしならせて、有里恵は悦びむせんだ。

(うん。これでいいんだな)

聖矢は右手の稼働を速めた。美音子も、そうしていた。

「いいいいい。ううっううっ。いいいいい。いいいいいっ」

ぶるぶると体を震わせて、有里恵は歓喜の叫びを連続させている。

「おっぱい揉んで。乳首吸って。あひっ、あひあひっ」

聖矢は目一杯求めに応じた。

「感じるよおっ。気持ちいいっ。あうっあうあうっ、あそこも、あーっー」

ステンレスのシンクの縁にお尻を打ち当てて体を躍らせ、再び有里恵は昇りつめた。

6

聖矢はすぐに有里恵のお尻の後ろに左手を差し込んで、衝撃を和らげてやった。蜜壺にはまだ中指を挿し込んでいる。

蜜壺粘膜はひくひくと痙攣して指を締めつけたままだ。きつかった。

(こんな狭い穴に、俺のが入るのか?)

正直、聖矢はそう思った。

しかし有里恵は当たり前のこととして挿入を要求している。きっと入るものなのだろう。女性は出産するのだ。

「有里恵さん、僕の、入れてみていいですか。今なら大丈夫だと思います」

身長差があっても、乳首をくわえたりしていなければ、何とか乗り越えられそうだった。

「わたし、もう、駄目」

有里恵は聖矢に半分すがりながら、またくずおれた。蜜壺に挿し込んでいた指がぬらりと抜け出て、恥芯粘膜をこねた。

「ひっ。ほんとにもう駄目っ」

有里恵はお尻を引いて床にへたり込んだ。濡れた指がクリトリスをこすったようだった。

「座ってたら入れられませんよ」

「じゃあ、ここに入れて」

有里恵は肉幹を両手で握り締めると、ぐぼりと亀頭をくわえた。

「うっ！　あっ、あ……！」

随喜感が腰を撃ち、脳天に抜けた。有里恵はぬちょぬちょぬちょと口の音を立てさせて、顔を前後させた。

「あああ、そんなにしたら、また……出てしまいます」

訴えを無視して有里恵は、ぢゅぶぢゅぶぢゅぶと口淫する。

快感に撃たれる聖矢よりも有里恵のほうが、肉悦に陶然となっているようだ。しかしそのようなこともない。射精感が一気に極大に達した。

「うっ、あっ、有里恵さん、出て……しまい……」

腰の後ろが厳しく疼いて、射精の始まりを伝えた。肛門が熱い。体液のほとばしりに一瞬早く、有里恵が口を離した。

「聖矢君のおちんちんて、どうしてこんなに美味しいのかしら」

「う……うあ……」

射精には至らなかった。

と、思う。だが、亀頭が発火している。

「あ、ちょっと垂れてきたわ」

精嚢《せいのう》から少し漏れ出たようだった。受け皿のように、有里恵が亀頭の下に舌を当てている。

中途半端な精液の漏出だが、快美感の点では正常な射精に劣りはしなかった。胸や背中にも愉悦の粒子が飛び散ったかのようで、聖矢は恍惚となった。

「もっと出るかしらね」

有里恵が肉胴の裏筋をしごいた。

熱感が尿道を走る。射精ではないが、精嚢から漏出していた精液が流れたらしかった。

「んっんんっ……」

赤く顔を染めた有里恵が、亀頭の先をすすった。収まった感のあった射出欲が再び頭をもたげてきた。

「また、出てしまいますっ」

「あん、出さないで」

慌てたふうに有里恵が口を離した。射精寸前で停止され、聖矢は苦しさに涙があふれた。聖矢の体にすがって、有里恵が立ち上がった。

「何で泣いてるの？」

「気持ちよすぎるからです」

「よがり泣きっていうやつね。男の子でもするのね」

有里恵は聖矢の手を引いて、リビングに戻った。いや、リビングを通ってベッドルームに誘った。

ホテルの部屋のように、無駄なく片づけられている。他に人が入るわけでもないだろうに、きちんとベッドメーキングされている。

(俺を呼ぶつもりだったからかな)

有里恵はどんな気持ちでベッドを整えていたのだろうかと、聖矢は思いやった。

「初めてなんだから、やっぱりベッドのほうがいいわよね。ごめんね」

「いいえ。僕は有里恵さんとなら何だっていいです」

そんな言葉が、すんなりと出ていた。

有里恵におもねろうなどという気はまったくない。自分は本心から有里恵のことが好きなのだと、再確認する思いだった。

「でも、ちょっとだけいやらしいやり方でもいいかしら」

「無茶苦茶いやらしくてもいいです」

「あん、やさしい子。じゃあ、こんなでも？」

有里恵はカバーをめくらずベッドに浅く腰かけると、仰向けに倒れ、股を大きく広げた。

恥芯を余すところなく見せている。

繁茂した秘毛の下部に、濡れそぼった桃色の恥芯がほつれている。

秘毛に半ば隠れて突き勃っている肉粒が、クリトリスなのだろう。

突起の下から、やや色づいた粘膜が波を描きながら舟形に開いている。

舟形の底には蜜液が分厚くたまっている。

蜜液に覆われて、赤みの強い桃色の秘口が覗き見える。

そこに、入れるのだ。

胸がわなないた。肉幹がいななき勃った。

「いいですか」

聖矢は有里恵の膝に迫った。

声がかすれている。今、自分は大人になる。

「ここ……ね」

喉からやっと絞り出すような声で言い、有里恵は両手の指を恥芯に添えた。興奮と悦び、感激では、有里恵も聖矢以下ではないようだ。

「狭いみたいなんですけど、入りますよね」

「狭くなんてないわよ」

面映ゆそうな顔をして、有里恵は恥芯を剥き広げた。

濡れた桃色の肉が、ぶにょりと開いた。それでも蜜口部は指一本分の幅しかない。

「初めてなんで……その……痛かったりしたら言ってください」

「大丈夫よ。ねえ……」

見上げる未亡人の目が、濡れた炎を揺らめかせた。聖矢は膝を落として腰をせり出した。

亀頭がぬちょりと、蜜口に接合した。

背筋を鳥肌が走った。

「あ……あああっ……」

有里恵がぐぐとのけぞっていく。

床についている足が踏ん張っている。

挿入を楽にしようというのか、恥骨がせり上がっている。

しかし、はまっていかない。

蜜口が侵入を阻《はば》んでいるようだ。

「はっ、入らない……」

「強く、腰を……」

真っ赤な顔を、有里恵は打ち振った。聖矢は息んで腰を突き出した。うにょりという手応えで、蜜口が緩んだ。

亀頭が没していく。

だが、亀頭冠で止まってしまって、動かない。

「いっ、入れてっ」

有里恵が恥骨をしゃくり上げた。

「は、い!」

聖矢は頑張った。

もう少しで埋没しそうだ。

有里恵は必死で求めている。聖矢は渾身の力を込めた。

背骨に火が走った。

後頭部に裂けるような感覚が起こった。

腰が弾んだ。

「あううっ！　あうっあうっあうっ！」

随喜のというより苦悶の呻きを漏らして、聖矢は早くも精をほとばしらせていた。

「出た？」

有里恵が背中に両手を回してきた。

「ううっう……うううっ！　ううっうううーっ！」

自分の呻き声の荒海に、聖矢は沈んでいった。

快楽か苦痛か、判然としなかった。

7

「すごいわね……」

左の耳元で有里恵が囁いている。もしかしたら普通の声で言っているのかもしれないが、囁いているように聞こえる。

相反して、はるか遠くで言っているようでもある。海中のくぐもった響きとして聞こえるようでもある。

有里恵の声が耳に入ってきてはいるが、動くことができない。腰全体が甘美に痺れている。

体の痙攣はもう終わったようだ。ということは、射精してから、それなりの時間がたったのだろう。

つまり自分は、射精しながら意識を失ってしまったのだ。

「すごいわね、聖矢君。まだ大きいままじゃない。カチカチよ」

聖矢が失神したとは思っていなさそうな有里恵が、言っている。

それはまあ、そうだ。どれぐらいの時間、意識をなくしていたのかは知らないが、そうそう簡単にペニスは小さくならない。

(亡くなった旦那は、イッたらすぐ小さくなったのかな)

そう思った時、すっと体が元に戻った。あっという間の変化だった。

「え？　どういうことですか」

肘を支えに顔を起こして聖矢は訊いた。

「どういうことって、なんでこんなに元気なの」

「普通じゃないですか」

「普通じゃないと思う。だって、二回も出したのよ。ほとんど続けざまに。漏らしたのも入れたら三回だわ」

「初めてだし、相手が、有里恵さんだからだと思います」

「まあ」

目を細めて艶然とした笑みを浮かべ、有里恵は首に両手を回してきた。口が、キスをしましょ、という表情をしている。

聖矢は顔を落としていった。しかし口は、有里恵の口には落ちない。身長差があって、亀頭が蜜口にはまった今の状態では無理だ。

体を下げれば何とかなりそうだった。自分はベッドの外にいる。腰を屈めて体の調節をするのは、わけがなかった。

聖矢は少し腰を下げた。半分蜜口に没している亀頭が、上を向く格好になった。ぐにゅりと没した。

「はああっ!」

大きく広げている太腿を打ち震わせて有里恵が叫んだ。

「あ、有里恵さん、入りました」

「い、い、い、入れて!」

「は、はい、うっ……ぐっ……」

斜め上に腰を突き出す要領で没入させていく。

入っていく。

女の秘密の穴に。あの人の中に。

ぬちぬち、ぬらぬらと。

動きを止めて聖矢は見下ろした。

亀頭はもうすっかり見えなくなっている。包皮がめくれ返った部分も、見えない。三分の一は、埋没しているのだろう。

指一本挿し込むのが精一杯かとも思った蜜口は、男の肉塊を頬張っているような開口の仕方をしている。

(十分に入るんだ。すごい)

女体の神秘を垣間見る思いで、聖矢はさらに突き進めていった。が、そこから一センチ進んだかどうかというところで、行く手を遮《さえぎ》られた。

肉の穴が続いていないわけもないが、幕のようなものがあってふさがっているようなのだ。

襞かもしれない。襞の輪が、そこにあるようでもある。いずれにせよ、突破しなければならなかった。

「きついですけど、入れます」

聖矢は言った。

返事はない。

「有里恵さん！」

「……え」

「大丈夫ですか」

「何が。入れて」

有里恵は左手で聖矢の首を、右手で胴を抱いてきた。

「入れていいんですか」

「深く。ぐーって」

「はい」

聖矢は腰に力を込めてせり出した。

うにっと、肉の襞が広がった。

「あはっ」

有里恵が顔をのけぞらせた。

もしれなかった。

あとはもう、声も出ないようだ。しかしこれは苦痛なのではなく、快楽の証《あかし》なのかもしれなかった。

通過した膣肉の襞は、亀頭のくびれにきつくまつわりついている。肉幹は半分以上没入した。

聖矢は有里恵の肩に手を掛け、人生初となる、女体との深い完璧な交合に向けて腰を突き出した。

くちゅりくちゅりと、進んでいく。

ほぼ根本まで挿し込んだ。

性毛同士が接触した。

（これが、セックス……）

現実感覚が押し寄せてきた。これがセックスというものなのだ。ペニスは丸ごと、肉の穴に埋まっている。

「有里恵さん、はまりました」

聖矢は有里恵を見下ろした。有里恵は気もそぞろで、ろくに息をしていないような感じでもある。

「有里恵さん、有里恵さん、大丈夫ですか」

左頬に左頬をくっつけて、訊いた。

返事はない。が、かすかに有里恵はうなずいている。ほっとして、聖矢は顔を上げた。

このままじっとしていれば、有里恵は回復するか。それとも早く回復するように、何かをしたほうがいいか。

有里恵のお尻は、ベッドから落ちそうになっている。とりあえず落ち着かせようと、聖矢は右手をお尻の下に回して、押しやった。

「んはっ」

乳房を山のように膨らませて顔をのけぞらせた有里恵が、声を出した。目は、元に戻っている。

「ベッドに上がりましょう」

「ねえ、お願いがあるんだけれど」

普通のしゃべり方で有里恵が言った。

「立つんですね？」

聖矢は、ベッドに押しやった有里恵の体を引き戻した。深くつながったまま器用にお尻を蠢かせて、有里恵も自分で下がってきた。

そこからは、有里恵の指示で行なった。

床に足が着いた有里恵を、聖矢が腰を落としながら抱き起こし、立ち上がる。有里恵が、宙に浮いた脚を折ってベッドに乗せる。有里恵の膝がベッドから外に出るようにすると、正面向きで抱き合うことができた。

雌雄の性毛を一つにして、肉幹はぐっさりと蜜壺に突き刺さっている。

「好きなの。あああ、わたしこれ、好きなの……」

乳房が潰れるほどきつく聖矢を抱き締めて、有里恵が言った。

「じっとしているんですか。動くんですか」

体位を変えている時から、有里恵が亡き夫とのセックスを再びなぞっていることがわかっていた聖矢は、あえて意向を訊いた。

「少し、じっとしていて、いいかしら」

「いいですよ」

「脚が疲れるわよ」

「有里恵さんと一緒なら、そんなことはありません」

聖矢は、ベッドに膝立ちになっている有里恵のお尻に手を回した。

むちむち、ぷりぷりの肉塊だ。

揉む前に、広く大きく撫でさすった。

「あ、ああ〜、それ好き。それも好き」

膝立ちの腰をうねらせて、有里恵が幸せ声を出した。夫に、こうやってもらっていたのだ。

「じゃあ、これはどうですか」

聖矢は腿の裏から腰の上まで愛撫した。

「はあ、あ〜。好き好き。もっと好き」

腿から背中一帯に鳥肌が立っている。聖矢は十本の指先と爪でなぞり回してみた。

「あっあ、あああ、聖矢君……」

有里恵は聖矢の首にしがみつき、恥骨を前後させた。くにょくにょと、蜜襞で肉幹がしごかれた。

猛烈な快感に襲われたが、今はまだ射精には至らない。射精は当分ないだろう。今日はもう、ないかもしれない。

「こういうのは、どうですか」

聖矢は手当り次第、指と手のひら、爪を駆け巡らせた。有里恵はぶるるぶるると打ち震え、顔をのけぞらせていく。

恥骨が小刻みに前後しているのは、意識しての動きというよりは、快楽にむせぶ肉体自らの反応だろう。

有里恵が、童貞の聖矢とつながりながら、亡夫を偲んでよがっているのは間違いのないことだ。

だがそれにもう一つ、近い将来、もっと言うなら明日明後日のひそかな愉悦に思いを馳せているのも、間違いのないことだった。

いや、今日か。

「有里恵さん、次はお店でやりませんか」

聖矢は、紅潮した有里恵の顔に顔を寄せて囁きかけた。

「ああああ」

有里恵は烈しくかぶりを振って歓喜の叫びを上げた。

「カウンターの中でしますか。立ったまま」

「ああ、ううっ、言わないでっ」

「調理場のテーブル？　流し？」

「言わないで。あ、あ、お願いよっ」

「スタッフルーム？　二人でこっそり」

「お願い、お願いっ、あああああ！　あああああ！」

聖矢の首にぶら下がって有里恵は絶頂の痙攣を起こした。膣襞がぐにゅぐにゅと蠕《ぜん》動《どう》して肉幹をいたぶった。

射精感がどっと湧き起こった。

（う！　む！　ぐうう……！）

聖矢は堪えた。

場所を移して、と思った。

ただ、甘美すぎて、かつ厳しくもある膣襞の責めに耐え切れるかどうかは、わからなかった——。

エピローグ

十日たった水曜の夜――。

「あっあっあっ、そんなに烈しくしないでっ」

立位で後ろから聖矢に挿し貫かれている有里恵は、スチール棚にへばりつくようにして髪を躍らせ、身悶えている。

二人とも靴以外身につけていない、裸だ。エアコンは効いているが、二人ともじっとりと汗ばんでいる。ぺたぺたと、餅をつくような肌打ちの音が連続している。

午後三時過ぎ、今日は遅くなる旨、聖矢は家に連絡をした。五時以降も店にいるのは初めてのことだ。

定刻の七時に店を閉め、二人で店内の掃除をしてから、手を取り合うようにしてスタッフルームに入った。

店のほうはシャッターを下ろし、スモールランプを一つだけ点けている。外から店内を見ることはできない。

この十日間で、有里恵とは五回セックスをした。すれちがいざまにキスをしたり、抱き合ったり軽く愛撫をしたりというのは、しょっちゅうだ。

十日間の真ん中の五日間が丸ごとブランクだったのは、たぶん有里恵が生理だったからだろう。

有里恵は求めてこなかったし、何かしら感じて、聖矢もちょっかいを出すようなことはしなかった。

五回のセックスのうち、一回は二度目に日曜に有里恵のマンションで、二回は店の調理場で、あとの二回はこのスタッフルームでだ。

朝早く聖矢が出てきて、開店前にこそこそとした感じでする。どこかしら秘密めいた感じが有里恵は好きらしいのだが、聖矢だって決して嫌いではない。

店のカウンターでは、ちょっとしたことはともかく、セックスそのものはしたことがない。

カウンターで立ってやるのが、有里恵の究極の望みのようなのだ。しかし、しようとしない。店を穢《けが》すことになると思っているのではないかと、聖矢は推察している。

だが、聖矢のバイトが終わる八月末までのいつかに、必ずやるだろう。そしてその日を最後に、二人の関係も終わりを迎える。

いからと。

二学期になってもバイトを続けさせてもらいたいと、聖矢は頼んだ。週一日でもいいからと。

「夏休みの間という約束でしょ。二学期になったら勉強に身を入れなくちゃ」

やさしい目で聖矢を見て、有里恵は断った。そのやさしさの中には、深い悲しみが見て取れた。

ずっと関係を続けたいのは、聖矢の出現で人生に希望を見出した有里恵のほうなのだ。

しかし、聖矢の将来を考えると、自分はすみやかに身を引かなければならない。誰が何と言おうと、そうしなければならないのだ。

(九月からはまた淋しい生活に戻るのね)

有里恵の目は、そう言っていた。

それがわかったから、聖矢は絶対にそういうことにはならないようにしようと、固く心に誓った。

バイトが駄目だというのなら、ときどき客として来ればいいのだ。七時までいて、閉店の手伝いをする。きっとそれでうまくいく。

「有里恵さん、烈しすぎますか。だったら緩めますけど」

両手を前に回して豊かな双乳を揉みしだきながら、聖矢は腰づかいを遅くした。

「緩めないで。もっと乱暴にして」

見事な球体の尻肉を聖矢の腹にぶつけて、有里恵はせがんだ。

「乱暴って、こんなですか。こんなにしたら、有里恵さんの体が壊れちゃうんじゃないですか」

聖矢は有里恵のおなかを抱き込み、腰が砕けるかというほどの突き上げを見舞った。

「あっあっあっ！　あっあんあん！」

有里恵は床から足が浮くぐらい体を弾ませている。亀頭が子宮をひしゃげさせているのが、今の聖矢にはよくわかった。

「きつすぎるでしょ？　緩めますか」

「緩めないで。もっともっともっと！」

スチール棚を掻きむしって有里恵は求める。

頭には、この刹那のことしかないのだろうか。それとも、カウンターでのセックスをいつ実行しようか、これからそこに行こうかなどと、考えているのだろうか。

（カウンターでだろうが店のテーブルでだろうが椅子でだろうが、一回では終わりません。有里恵さんの望みのこと、僕が何回でも叶えさせてあげますからね）

心の中でそう訴えて、聖矢は厳しい抜き挿しを浴びせ続けた。

有里恵の喘ぎ声に重なるようにして、美音子のよがり声が耳に甦った。

その後、美音子からは何の連絡もない。まだオーストラリアにいるのだろう。日本に帰ってきたら、何をおいても自分に連絡してくるだろうから。

(悪いけど、僕は有里恵さんを取りました)

もしかしたらこの今、自分のことを思っているかもしれない美音子に、心の中で聖矢は言った。

他の人間に意識が行ったからか、隼人と恋人の四元令子が脳裏に浮かんだ。

――うまくやってるじゃねえか、聖矢。俺がにらんだとおりだな。

頭の中で隼人が令子を抱き締め、キスの雨を降らしながら言う。

隼人とは、その後、やり取りがない。彼女に夢中なのだろう。この前、店に来たのは、彼女を見せびらかすのが目的だったのだ。

有里恵との仲を訊かれたら、何もないと答えるのが賢明だろう。ちょっと悔しい気もするが。

世間はどこでどうつながっているかわからない。この店のバイトを紹介してくれた加橋夫人の耳に入ったりしたら、よけいにまずい。

「ああ、ああ、ああ、ああ」

ひと声ひと声、有里恵はキーを高くしていく。絶頂間近なのだ。このあとすぐ、烈しい体の痙攣とともに膣襞が収縮する。

「有里恵さん、有里恵さんがイッても、今は僕、射精しませんからね」

精液をほとばしらせるのは別の場所に移ってからだと暗にほのめかせ、聖矢はなお厳しい抜き挿しを見舞った。

体の痙攣に先駆けて、麗しい未亡人の膣襞が収縮を起こした——。

◎本作品はフィクションであり、文中に登場する個人名や団体名は実在のものとは一切関係ありません。

二見文庫

カフェの未亡人《みぼうじん》

著者　北山悦史《きたやまえつし》

発行所　株式会社 二見書房
東京都千代田区神田神保町1-5-10
電話 03(3219)2311［営業］
03(3219)2316［編集］
振替 00170-4-2639

印刷　株式会社 堀内印刷所
製本　村上製本

ISBN978-4-576-08065-9
http://www.futami.co.jp/

二見文庫の既刊本

姉妹妻

KITAYAMA, Etsushi
北山悦史

高校二年生の基樹は、あるきっかけで知り合ったかわいい人妻・桃香に一目惚れしてしまう。が、思いだけが募るばかりで何も起こらない。そんな時、アメリカから帰国した桃香の姉・珠香を紹介される。英語の家庭教師をしてくれることになった彼女だが、こちらは妹と正反対の奔放な性格で、大胆に基樹に迫ってくる……。軽快な筆致で綴った書き下ろし青春官能。

HM=Hayakawa Mystery
SF=Science Fiction
JA=Japanese Author
NV=Novel
NF=Nonfiction
FT=Fantasy

素粒子《そりゅうし》物理学《ぶつりがく》をつくった人《ひと》びと
〔上〕

〈NF347〉

二〇〇九年四月二十日　印刷
二〇〇九年四月二十五日　発行
（定価はカバーに表示してあります）

著者　ロバート・P・クリース
チャールズ・C・マン
訳者　鎮目《しずめ》恭夫《やすお》、林《はやし》一《はじめ》
小原《こはら》洋二《ようじ》、岡村《おかむら》浩《ひろし》
発行者　早川　浩
発行所　株式会社　早川書房
郵便番号　一〇一 - 〇〇四六
東京都千代田区神田多町二ノ二
電話　〇三 - 三二五二 - 三一一一（大代表）
振替　〇〇一六〇 - 三 - 四七七九九
http://www.hayakawa-online.co.jp
乱丁・落丁本は小社制作部宛お送り下さい。
送料小社負担にてお取りかえいたします。

印刷・中央精版印刷株式会社　製本・株式会社明光社
Printed and bound in Japan
ISBN978-4-15-050347-5 C0142

＊本書は活字が大きく読みやすい〈トールサイズ〉です